Gerhard Roos

Pommerland

ist abgebrannt

Alle Handlungen und Personen sind frei ersonnen.
Ähnlichkeiten mit lebenden oder verstorbenen Personen sind
zufällig und nicht beabsichtigt

Impressum

© 2022 Gerhard Roos
Herstellung und Verlag:
BoD – Books on Demand, Norderstedt

ISBN: 978-3-7557-0732-5

Inhalt

Der Gutshof

Der Winter war nun fast vorbei im pommerschen Dörflein nahe der Kreisstadt Stolp. Zeitweise versuchte dichtes Schneetreiben an diesem 6. März 1945 den bereits aufgetauten Boden wieder weiß zu überdecken, doch angesichts der Temperaturen über der Frostgrenze schaffte es dies nur an Stellen, die von der zaghaften Frühjahressonne in den Tagen zuvor nicht hatten erreicht werden können.

Einen knappen Kilometer vom Dorf entfernt am Rand des Waldes lag versteckt zwischen Ulmen, Pappeln und alten Eichen der „Ulmenhof", der großzügige Gutshof der Familie von Ehwitz. Das langgezogene einstöckige Gutshaus, die große Scheune, das wiederum langgezogene Stallgebäude und das Kutscherhaus neben der einladenden Zufahrt bildeten ein fast quadratisches Geviert, das sich schützend um den breiten Rundweg stellte, in dessen Mitte ein wunderbarer Ziergarten, der ganze Stolz der achtundsiebzigjährigen Freifrau Amalie von Ehwitz, selbst im Winter ein äußerst gepflegtes Aussehen bot.

Im Herrenhaus, in dem vier Generationen lebten, herrschte große Sorge. Augenblicklich war der einundachtzigjährige Ferdinand von Ehwitz wieder der Hausherr, denn sein Sohn Johann war schon vor Monaten an der Ostfront gefallen und seine Enkel

Siegfried und Bruno irgendwo im Kriegsgeschehen. Lange hatte die Familie nichts mehr von ihnen gehört. Johanns Witwe Liselotte fing gerade an, die Nachricht vom Tod ihres Mannes langsam zu verarbeiten und hatte starke Ängste um ihre Söhne. Ihre Jüngste, die noch minderjährige Tochter Ursula, war vor wenigen Tagen aus Danzig von einem Arbeitsdienstlager der Reichsfrauenschaft nach Hause zurückgekehrt, das angesichts der letzten bösen Kriegsereignisse aufgegeben worden war.

Ihr Ältester, Siegfried, hatte vor neun Jahren, selbst erst achtzehnjährig, im Dörflein Zitzewitz anlässlich einer Hochzeitsfeier im Verwandtenkreis die sechzehnjährige Christiane von Korff kennen gelernt, sich spontan heftig in sie verliebt, und sie noch in derselben lauen Sommernacht zwischen den dichten Ziergehölzen neben dem Feierlokal entjungfert und geschwängert. Natürlich hatte er die junge Dame nach Bekanntwerden dieses unerwarteten Erfolges sofort geehelicht. Inzwischen waren es vier Kinder geworden - Franziska, Bernhard, Ferdinand und Antonie - und die junge Freifrau im Ulmenhof eine tüchtige Hausfrau und Mutter. Ihre Sorge um ihren Mann wuchs von Tag zu Tag.

Im Kutscherhaus lebten drei Generationen. Neben der Familie des Kutschers und Pferdemeisters Otto Barnow - seiner Frau Elsbeth und ihrer Söhne Jochen, Willi, Hans und Klaus - zudem noch sein Vater und Vorgänger Hans Barnow senior. Er war schon lange Witwer und jetzt, da sein Sohn wie der Freiherr Johann an der Front gefallen war, wieder für alle Pferde zuständig geworden.

Schon den ganzen Tag über hatte es in der Ferne Geschützdonner und etwas näher Gewehrsalven gegeben. Lange vor dem Mittagessen war eine abgerissene Einheit magerer und ausgezehrter deutscher Soldaten westwärts vorbei gezogen. Sie hatten im Dorf nicht einmal eine kurze Rast gemacht. Die Front löste sich langsam auf. Trotzdem waren schließlich der zehnjährige Jochen und die achtjährige Franziska wie alltäglich miteinander spielen gegangen, schon seit Jahren waren die Beiden schier unzertrennlich. Da die Kutscherfamilie Barnow der Gutsherrenfamilie vertraut und wohlgelitten war, hatte niemand etwas gegen diese Kinderfreundschaft einzuwenden. Hinter einer Gaube unter dem Giebel des Stallgebäudes, das nach Urgroßvater Ferdinands Aussage doppelt so alt wie der Rest des Hofes sein musste und unglaublich dicke Wände vorwies, hatten sich die Beiden einen Verschlag gebaut, der durch die drum herum geschichteten Strohballen immer ganz gemütlich warm war. Durch breite Risse im Holz der Gaubentür konnten sie den ganzen Hof überblicken, wurden aber von niemandem bemerkt. Das war schon länger ihr geheimes Versteck.

An diesem Donnerstag hatten sie sich früh vorgenommen, lange dort oben zu bleiben. Schule fand so nah an der Front sowieso derzeit nicht statt. Sie hatten ihren Familien gesagt, sie wollten im nahen Wald die im Februar vom Schnee abgebrochenen Zweige von den Wegen lesen, was den alten Gutsherrn dazu bewog, ihnen ordentliche Proviantpakete mitgeben zu lassen. Er wusste nicht, dass sie diese Arbeit in der zurückliegenden Woche bereits ordentlich erledigt hatten. So hatten sie ihre Ruhe in ihrer Höhle und Lebensmittel satt, nicht selbstverständlich in diesen Tagen. Franzi hatte schon länger einige Bücher herauf geschafft, also hatten sie auch keine Langeweile.

Erschreckt hörten sie plötzlich näher kommenden Lärm von Fahrzeugen und immer einmal wieder einzelne Schüsse. So wurden sie Ohrenzeugen, wie die Rote Armee ihr Heimatdorf eroberte und es wie ganz Hinterpommern der Verwaltung der Volksrepublik Polen unterstellte. Der eindeutige Befehl des sowjetischen Stabes war: Nur wer sich zur Wehr setze, werde erschossen und sein Besitz - wenn möglich nur teilweise - zerstört. Wer sich ergab, solle geschont aber verjagt werden, die Häuser natürlich erhalten. Die anzusiedelnden polnischen Familien brauchten schließlich die Gebäude.

Der Fehler

Allmählich fand die ausschwärmende Einheit der Roten Armee auch die Außenhöfe des Dorfes. Aufgrund seiner Lage zwischen den hohen Bäumen am Rand des Waldes wäre der Ulmenhof fast übersehen worden, aber die dünnen Rauchsäulen aus den Schornsteinen des langen Gutshauses und der Kutscherwohnung verrieten ihn dann schließlich doch. Als zwei Lastwagen durch die Einfahrt dröhnten, und insgesamt neun Soldaten heraussprangen, griff der alte Freiherr zu seinem Jagdgewehr. Der ehemals kaiserliche Soldat wurde in ihm wach, ein von Ehwitz ergab sich nicht!

So stellte er sich mit angelegter Büchse in die große Haustür am oberen Ende der sechsstufigen Freitreppe. Als trotz seines Zurufes: „Stoi!" (= halt) die sowjetischen Soldaten unbeirrt näher kamen, schoss er zielsicher dem vordersten mitten durchs Herz. Seine Frau, die entsetzt hinter ihm her gekommen war und ihn an seiner sinnlosen Verteidigung hatte hindern wollen, wie auch er selbst waren Sekunden später ebenfalls tot, niedergestreckt von einer Salve aus drei oder vier sowjetischen Schnellfeuergewehren. Entsetzt klammerte sich Franziska an Jochen fest, der selbst nicht fassen konnte, was sie da miterleben mussten.

Aufgeputscht durch den Tod ihres Kameraden und ihre eigene plötzlich hervorgerufene Aggression stürmten sechs Soldaten in das Gutshaus und die restlichen zwei in das der Kutscherfamilie. Dort wurden Jochens Großvater und der große Hund sofort erschossen. Jochens Mutter und seine kleinen Geschwister wurden ins Gutshaus und mit den drei Ehwitzfrauen und Franziskas Geschwistern zusammen in der weitläufigen Diele zusammen getrieben. Durch die großen Erkerfenster und die offene Haustür erlebten nun die beiden in ihrem Versteck gemeinsam mit ihren sechs angststarren Geschwistern mit steigendem Entsetzen, dass jeweils zwei Soldaten nacheinander ihre Mütter, Franziskas Großmutter und ihre junge Tante brutal vergewaltigten. Für die Kinder war das unerklärlich, was hier geschah, aber das Wimmern und Schreien der Frauen zeigte ihnen überdeutlich, welche Gewalt diesen geliebten Erwachsenen da angetan wurde. Als die Männer fertig waren, griffen sie wieder zu ihren Gewehren, und auf ein kurzes Kommando ihres Anführers wurden in der Diele alle noch Lebenden beider Familien, von der Großmutter bis zur knapp zweijährigen Antonie, kaltblütig hingerichtet.

Als wäre das nicht genug, schlugen wenige Minuten später Flammen aus den Dächern des Haupthauses, der mit Stroh und Heu halb gefüllten Scheune und des Kutscherhauses. Dann drangen die Soldaten in die Stallungen und banden alle acht Pferde los. Mit Geschrei und Schlägen jagten sie diese hinaus in die Kälte, gleichgültig, was mit diesen geschah. Sonst ließen sie den soliden Stallbau unangetastet, wohl eingedenk des Befehls, den Besitz Erschossener nur teilweise zu zerstören. Schließlich warfen sie ihren toten Kameraden auf einen ihrer Lastwagen, bestiegen diese und brausten vom Hof weiter Richtung Westen.

Der Aufbruch

Jochen wurde jählings klar, er hatte nun gar keine Zeit für Entsetzen und Trauer, so grässlich das alles gewesen war. Er war jetzt für Franzi und sich selbst alleine verantwortlich und musste einen Weg finden, ihr Leben zu retten und fortzusetzen. Seines und erst recht das seiner kleinen Freundin. Hier auf Franzis Vater zu warten, war sinnlos. Sie wussten ja nicht einmal, ob er noch am Leben war. Und die gesamten Vorräte verbrannten gerade vor ihren Augen, da war ein Verbleib im Gehöft in keiner Weise möglich. Schnell entwickelte sich in seinem praktisch denkenden Kopf ein Plan. Doch dazu mussten sie zuerst wissen, ob ihnen hier im Stallgebäude das Feuer gefährlich werden könne.

Also erklärte er kurz der Kleinen, dass er nun über die Strohballen zur Giebelluke nach der Scheune hin kriechen müsse, um von dort aus die Gefahr besser einschätzen zu können. Wie in Trance krabbelte Franzi hinter ihm her; nur nicht alleine bleiben! Wie Jochen gehofft hatte, trieb der Wind die Funken vom Stallgebäude weg in Richtung der Weiden, über welche die Pferde bis zum Koppelzaun geflüchtet waren, der mehrere hundert Meter vom Hof entfernt diese riesige Grasfläche einschloss. Nach dem Kutscherhaus auf der anderen Seite mussten sie gar nicht schauen, das alte Fachwerkhaus war bereits bis auf die Grundmauern niedergebrannt und nur noch ein wirrer Haufen glühender Balken.

Da die Rotarmisten verschwunden waren, stiegen sie nun in die Ställe hinunter. Außer den Pferden waren da noch sechs Schweine, die unruhig grunzten, und eine große Menge Hühner. Die Hühner flatterten angstvoll hin und her. „Komm, Franzi, wir lassen die Schweine und die Hühner auch frei. Besser, sie versuchen selbst Futter zu finden, als dass sie hier verhungern." Das war schnell erledigt, weil sich die Giebeltür zum Weg hin leicht öffnen ließ. Die Schweine rannten Richtung Wald, das war gut so, da gab es Futter genug. Die Hühner teilten sich überraschend in zwei Gruppen. Die kleinere flog gackernd in die Flammen der Scheune, damit war ihr Schicksal besiegelt. Die erheblich größere jedoch folgte ihrem großen weißen Hahn und den Schweinen schnurstracks in den Wald.

Als sich die Beiden umdrehten, fielen Franzis Blicke auf die beiden Kutschen der Familie von Ehwitz. „Wenn wir jetzt die Pferde hier hätten, könnten wir anspannen und versuchen, nach Westen voran zu kommen, am liebsten bis nahe Neubrandenburg zu Onkel Brunos Familie. Der hat dort vor zwei Jahren im Heimaturlaub Tante Annemarie geheiratet. Die müsste dort mit ihrem kleinen Söhnchen Gerfried wohnen." Franzi fing über ihrem Gedanken an diese Verwandten endlich an zu weinen. Langsam machte die erste Schockstarre Platz für die Empfindung ihres Schmerzes um das Erlebte. Jochen nahm sie fest in die Arme und bestätigte ihr, dass ihre Idee eine sinnvolle Möglichkeit sei. Und dass er auch wisse, wie sie zu einem Gespann kommen könnten.

Nachdem Franzi ihren ersten Kummer aus sich heraus geweint hatte, packte er mit ihr zusammen alle Pferdedecken, einiges Ersatzzaumzeug und anders Pferdegeschirr unter die Längsbänke in die größere Kutsche, eine zweispännige Break. Dann öffnete er die Hintertür der Wagenremise und pfiff gekonnt auf zwei Fingern einen scharfen, durchdringenden Pfiff. Sofort setzten sich die beiden Kutschpferde Castor und Pollux in Trab, während die sechs Arbeitspferde weiter am Koppelende stehen blieben. Dieser Pfiff war den beiden Wallachen wohlvertraut.

Kurz darauf standen sie gehorsam bei den Kindern und ließen sich nicht nur die Hälse und Nüstern streicheln sondern auch bereitwillig ihre Sielengeschirre überwerfen, die Trensenhalfter anlegen und links und rechts von der Deichsel ordentlich einspannen, jeder an seinem angestammten Platz. Jochen hatte das schon so oft in den letzten Monaten gemacht, er konnte das perfekt und wusste auch, welches Geschirr welchem der Pferde genau passte. Jedem der Rappen hängte er nun zuerst nicht nur einen Hafersack vor, um ihn noch einmal ordentlich zu füttern, sondern packte auch mit Franziskas Hilfe mühselig so viele Halbzentnersäcke voll Hafer hinter den Kutschbock, wie er finden konnte, immerhin vier.

Da sie selbst beide noch gar keinen Hunger empfanden, ließ Jochen die drei Feldflaschen, die im Pferdestall hingen, an der Brunnenpumpe voll Wasser laufen, ebenso einen Eimer für die Pferde jetzt sofort. Er füllte, nachdem Tiere und Menschen das kalte Nass getrunken hatten, die dritte Flasche noch einmal nach und setzte sich dann mit seiner kleinen Freundin auf den Kutschbock, gemeinsam eingewickelt in eine der leichteren Pferdedecken. Als sie durch die Einfahrt auf den Zuweg fuhren, kam ihm dankbar zum Bewusstsein, dass sie beide je in einem Lederbrustbeutel ihre Kennkarte, eine Ausfertigung ihrer Geburtsurkunde und einige Geldscheine bei sich trugen. So hatten ihre Mütter bei allen ihren Kindern schon vor einigen Wochen für eine denkbare Flucht Vorsorge getroffen. Nun begann die Fahrt der wundersam übrig Gebliebenen ins Ungewisse. Und hinter ihnen verbrannten mit dem Ulmenhof die Leichen ihrer Angehörigen und insgesamt ihre Heimat hier in Pommern.

Westwärts

Nach wenigen Kilometern erreichten sie die feste Straße von Lauenburg nach Stolp. Jochen kannte sich im ganzen Gebiet gut genug aus, um zu wissen, dass er nur über die Brücke in der Kreisstadt die Stolpe überqueren könne, eine andere Brücke war weit und breit nicht zu finden. Lieber hätte er natürlich das Städtchen Stolp umfahren, denn dort dürften die Rotarmisten längst Fuß gefasst haben. Was aber Anderes blieb ihm übrig? Franzi war neben ihm vor Erschöpfung und Kummer eingeschlafen. Damit sie nicht wegrutschte, legte er ihr den linken Arm um die Schulter. Weil er in der linken Hand die Leinen halten musste, um mit der rechten jeweils den Lenkzug ausführen zu können, war das ziemlich unbequem. Ihm war das aber egal, Hauptsache, die Kleine konnte sich ein wenig ausruhen.

Als er am Horizont die Kirche und den Rathausturm der Stadt erkannte, weckte er Franzi auf. Sie seufzte tief und meinte dann: „Wo nur noch wir beide am Leben sind, müssen wir jetzt durchhalten. Bin ich froh, dass du bei mir bist." „Wenn uns jetzt die Soldaten gefangen nehmen, hat es halt nicht so geklappt, wie ich mir das vorgenommen habe, aber wir haben es wenigstens versucht." „Ich habe jetzt keine Angst mehr." Franzi kuschelte sich wieder an ihn heran. „Schlimmer als heute früh kann es nicht werden. Und wenn auch wir sterben müssen, sehen wir die anderen alle wieder. Dann ist es auch gut." Jochen war erstaunt über ihre Sicht der Dinge, musste ihr aber Recht geben. Also schloss er sich ihrer Auffassung einfach an.

Mit seinen Ortskenntnissen gedachte er die Vorstadt und nach der Brücke auch die Stadtmitte zu umfahren, wurde aber zur Weiterfahrt auf der breiten Hauptstraße gezwungen. Die Einfahrten zu den Seitenstraßen waren allesamt mit doppelt besetzten sowjetischen Fahrzeugen blockiert. Vor der Schule befand sich eine Kontrollstelle. Einige Soldaten der Roten Armee stoppten jeden, der durchwollte, und fragten mit sehr schlechtem Deutsch nach Dokumenten. Die beiden Kinder waren froh, solche in ihren Brustbeuteln bei sich zu tragen. Als der Soldat die Einträge in den Kennkarten gesehen hatte, gab er ihnen freundlich diese wieder zurück, winkte umsichtig das Gespann auf den Schulhof und winkte den Beiden, in das große Gebäude mit hinein zu kommen.

In breiten Flur standen zwei schmale lange Tische, hinter denen vier Soldaten und eine Frau saßen. Franzi schluckte. In dem offensichtlichen Vorgesetzten dieser Versammlung erkannte sie sofort einen der beiden Männer, die ihrer Mutter Gewalt angetan hatten. Auch die Erschießungen hatte er angeordnet. Umso erstaunter waren die Kinder, mit welcher fürsorglichen Zuwendung sie nun hier behandelt wurden. Die Frau war ihrem Dialekt nach aus Ostpreußen oder gar Masuren, wie Jochens Mutter. Sie sprach aber auch - sichtlich perfekt - mit den Soldaten Russisch.

Die Beiden wurden nun befragt, woher und wohin. Und warum sie alleine seien. Geistesgegenwärtig antwortete Jochen: „Unsere Eltern sind tot. Wir sind Stiefgeschwister und wollen nach Neubrandenburg. Dort haben wir Verwandte." „Karascho!" (= gut) bemerkte der Offizier und gab sichtlich Anweisung, Passierscheine auszustellen. Jedenfalls wollte die Frau noch einmal die Kennkarten haben und füllte dann zwei Formulare aus, mit denen die Kinder, so erklärte sie ihnen, problemlos über die Oder - die neue polnisch-deutsche Grenze - kommen könnten. Dies aber nur in Stettin. Dann stand der Offizier auf, klopfte den Beiden auf die Schultern und entließ sie freundlich. Auch Jochen hatte ihn sofort erkannt, ihn schauderte bei der Berührung durch die Hand, die Franzis Mutter gequält und seine Liebsten erschossen hatte.

So stiegen sie wieder auf ihre Break, wickelten sich in ihre Decke und fuhren sofort über die Stolpebrücke weiter Richtung Westen. Es war schon fast dunkel, als sie in die Ortschaft Zitzewitz einfuhren. Jochen wollte hier ein Unterkommen versuchen. Das vierte oder fünfte Gebäude im Dorfkern war sichtlich wieder die Schule. Davor im Schulhof standen vier Kutschen und zwei

Bauernwagen mit vorgespannten Pferden, die alle irgendein Futter aus ihren vorgehängten Futterbeuteln fraßen. Sofort stellte Jochen sein Fuhrwerk dazu. Beim Absteigen sah Franzi einen großen Heuhaufen weiter hinten auf dem Schulhof. Das war sicher eine gute Tat der Dorfbevölkerung. Also stopfte Jochen die beiden Futterbeutel damit voll und stellte sein Gespann damit vorerst zufrieden.

Mit zwei der dicken Decken bepackt ging Jochen voran ins Schulhaus, Franzi folgte ihm mit der Provianttasche und einer der Feldflaschen. In einem großen Kreis saßen dort neun Frauen unterschiedlichen Alters, zwei ältere Männer und eine große Menge Kinder und verzehrten die verschiedensten Lebensmittel. Wortlos setzen sich Franzi und Jochen dazwischen und aßen nun auch ihre erste Mahlzeit seit dem Frühstück mit ihren Familien. Eine der jungen Frauen begann dann damit, sich und ihre Kinder vorzustellen und bat dann alle anderen, reihum das Gleiche zu tun. Durch die verschiedenen Selbstbeschreibungen entstand recht schnell eine gewisse Vertrautheit.

Fast als Letzte wurden Franzi und Jochen dann nach ihrer Herkunft befragt. Jochen gab eine knappe Auskunft und streifte nur kurz die Erinnerung an die Gewalttaten der Rotarmisten und das Feuer. Franzi fing sofort zu weinen an. Die energische junge Frau, die mit der

Vorstellungsrunde begonnen hatte, hieß Agnes Tetzlaff. Sie hatte Franziskas Mutter Christiane gut gekannt, war sie doch mit der Ehefrau von deren Schwager Bruno ziemlich nah verwandt. Sie kam zu Franzi, setzte sich neben sie und ließ die sich richtig ausweinen. Das entlastete die Kleine erneut ein Wenig. Die Erwachsenen verabredeten dann, am nächsten Morgen gemeinsam mit allen Fuhrwerken aufzubrechen und zumindest bis über die Oder beieinander zu bleiben. Dann legten sie sich alle zum Schlafen nieder, Decken hatte jede Familie genügend aus ihrer Heimat mitgenommen.

Eine neue Grenze

Am nächsten Morgen wurde gemeinsam gefrühstückt, vorerst hatte jede Wagenbesatzung noch ihre eigene Versorgung. Der jüngere der beiden Männer, der von allen Mobilmachungen wegen knappen Überschreitens der Altersgrenze verschont worden war, zeigte sich nun als eine Art Anführer des ganzen Trecks. Während die Frauen ihre Kinder auf den Wagen unterbrachten und der ältere Mann mit Jochen zusammen die Pferde versorgte, besprach der jüngere mit allen Pferdelenkerinnen und Pferdelenkern die Reihenfolge der sieben Fuhrwerke. Die beiden schwerfälligeren Bauernwagen, deren Pferde von den Männern gelenkt wurden, sollten den Treck anführen, seiner vorneweg, da er die notwendige Route ausgedacht hatte und sehr genau kannte. Dann sollten die Kutschen folgen, die von den Frauen kutschiert wurden. „Und du, Jochen - so heißt du doch? - fährst am Ende, du hast das stärkste und gesündeste Gespann. Außerdem kannst du besser fahren als alle diese Mütter, die haben kein bisschen Erfahrung. Was du kannst, habe ich gestern Abend gesehen."

„Hat mir mein Großvater alles beigebracht. Aber wir sollten erst losfahren, wenn die Pferde vor der anderen Break richtig angespannt sind. Bei denen sind nicht nur die Brustblätter vertauscht, was ganz schnell

Druckstellen und Fellverletzungen geben kann, sondern die sind auch falsch angespannt. Das Handpferd und das Sattelpferd sind vertauscht. Das Handpferd will ständig das andere von seinem angestammten Platz wegbeißen. So lässt sich das Gespann nur sehr schwer fahren." „Mensch, Jochen, du kennst dich aber aus. Komm, wir beide erledigen das jetzt." Agnes Tetzlaff, die diese ihre Pferde ohne jede Kenntnis, worauf sie achten müsse, eingespannt hatte, war von Herzen dankbar für diese Unterstützung.

Noch etwas wollte Jochen geändert wissen. Ausgerechnet auf der kleinsten Kutsche saßen die meisten Kinder, denn zwei der Frauen waren mit ihren Familien aufgestiegen. „Herr Haffner", so hatte Agnes Tetzlaff den Anführer angeredet, „die schwangere Frau mit den zwei kleinen Kindern sollte zu uns auf die Bänke hinten, dann wäre die Gewichtsverteilung viel besser." „Recht hast du, mein Junge. Und sag ruhig Willi und ‚Du' zu mir, wir Männer brauchen das feierliche ‚Sie' nun wirklich nicht." Nachdem alles sinnvoll geregelt war, brach die Wagenkolonne geordnet auf. Willi Haffner wollte so schnell wie möglich über die Oder, die ja jetzt plötzlich die deutsche Ostgrenze geworden war. Inmitten des Krieges, der gerade verloren ging. Schwer lastete auf dem tüchtigen Mann die freiwillig übernommene Verantwortung für die große Kinderzahl und die zugehörigen Erwachsenen.

Der hinter ihm fahrende schon recht alte Mann, der aus der gleichen Ortschaft kam wie er, beschäftigte sich, während seine Pferde kräftig voran schritten, mit dem Problem der Verpflegung, das alle spätestens in drei Tagen gelöst haben müssten. Länger würden sie mit den mitgeführten Lebensmitteln selbst bei guter Einteilung sicherlich nicht auskommen. Die beiden Männer waren bereits bei ihrem gemeinsamen Aufbruch aus ihrem Dorf östlich von Lauenburg knapp vor Ostpreußen davon überzeugt, dass sie bis Stettin mindestens eine Woche würden unterwegs sein müssen, eher noch länger. Immerhin waren sie am ersten Tag ein Stückchen weiter gekommen, als sie vermutet hatten. Ihr geplantes Etappenziel war eigentlich Stolp gewesen.

Noch waren alle Pferde gut beieinander. So kam der ganze Treck zügig voran, obwohl Willi Haffner keinen Trab anschlug, die Pferde mussten für vermutlich viele Tage bei Kräften bleiben. Nach etwa drei Stunden Fahrt sahen die Flüchtenden rechts vor sich einige dünne Rauchfähnchen. Den beiden Männern schwante nichts Gutes, und tatsächlich kamen sie ganz nah zu einem Bauernhof, von dem nur noch das Wohnhaus stand, die Wirtschaftsgebäude aber alle abgebrannt waren. Die Rauchwölkchen entstiegen einem riesigen wirren Trümmerhaufen. Menschen gab es da wohl keine mehr. Der alte Kurt Baer rief seinem früheren Nachbarn Willi zu, er möge zum Hof einbiegen. Obwohl der leichte

Brandgeruch noch zu spüren war, blieben zum Glück alle Pferde ruhig.

Die Frauen schöpften nun aus dem Hofbrunnen Wasser und ließen die Pferde saufen. In einer geschützten Ecke neben dem sperrangelweit offen stehenden Haus war eine große Menge Karotten in Sand eingeschlagen, damit konnten die Kinder sowohl sich selbst als auch den Pferden einige Freude bereiten. Die beiden Männer betraten das offene Haus. In der guten Stube saßen auf dem Sofa und zwei Sesseln ein alter Mann, eine halbnackte Frau mittleren Alters und zwei blutjunge völlig entkleidete Frauen; der Mann erschossen, die Frauen sichtlich durch Messerstiche getötet. Der alte Mann hatte zwei Pistolen in den Händen. Wieder einer, dessen sinnlose Tapferkeit seiner Familie das Leben gekostet hatte.

Die Männer schlugen schaudernd die Stubentür zu, ließen sie durch die schwangere Gisela Rennhack bewachen und schickten dann alle anderen Frauen in die Küche und die angrenzende große Vorratskammer, um mitzunehmen, war irgend das Mitnehmen lohnen könnte. Jochen blieb mit Franzi und den anderen Kindern bei den Gespannen. Außer ihnen beiden waren nur noch zwei Mädchen und ein Junge in etwa ihrem Alter, alle anderen waren jünger. Den Jüngsten hatten Jochen und Franzi auf ihrer Break, der kleine Gerhard

Rennhack mochte knapp zwei Jahre alt sein. So makaber ihre Plünderei von den Frauen empfunden wurde, so dankbar waren sie schließlich doch für den Reichtum an Reiseproviant, den sie diesem Bauernhof entnehmen konnten.

Als alles verteilt und verstaut worden war, hatte Jochen noch etwas mit der ständig ihm voraus fahrenden Agnes Tetzlaff zu besprechen. „Du musst doch starke Schmerzen in den Armen haben, so wie du die Zügel hältst. Das geht viel leichter als du denkst." Er zeigte ihr, wie sie mit nur der linken Hand, die dabei ruhig auf ihrem Oberschenkel liegen dürfe, beide leicht gespannten Zügel getrennt halten könne, und wie sie mit der rechten dann jeweils nur jenen Zügel anziehen müsse, nach dessen Seite die Pferde vom Geradeauslauf abweichen sollten. „Bei diesen straffen Zügeln, mit denen du bisher gefahren bist, fühlen sich die Pferde unfrei. Das sollte man vermeiden."

Die nächsten Tage verliefen ohne große Besonderheiten. Zweimal noch wurden ihre Urkunden kontrolliert, einmal von einer verblüffend freundlichen Patrouille der roten Armee und einmal von vier unfreundlichen polnischen Frauen, die sich mit Waffen und in seltsamer uniformähnlicher Kleidung als Polizistinnen auswiesen. Aber alle schienen zufrieden, diese Deutschen loszuwerden.

Nun waren die Reisenden gespannt, wo genau denn in oder um Stettin die gerade erst von den Sowjets erzwungene Grenzlinie verlaufen werde. Ungehindert konnten sie in die Stadt einfahren und auch ohne Kontrolle über die Hansabrücke die Oder überqueren. Erst ein Stück weit außerhalb der Stadt war dann ein Grenzkontrollpunkt eingerichtet, an dem die Kontrollen zwar durch polnische Offizielle durchgeführt wurden, der militärisch jedoch durch ein kräftiges Aufgebot an Soldaten der Roten Armee gesichert wurde. Vier polnische Grenzposten, zwei Frauen und zwei sehr junge Männer, ließen sich die Dokumente aller Personen des Trecks zeigen, notierten sorgfältig alle Namen sowie sichtlich die laufenden Nummern der Passierscheine und winkten dann einen Wagen nach dem anderen durch.

Einer der beiden jungen Polen fand es dann notwendig, die Break mit Jochen auf dem Kutschbock noch etwas länger aufzuhalten, von hinten auf die Trittstufen der Kutsche zu steigen und die schwangere ausnehmend hübsche Gisela Rennhack zu begrapschen. Die versuchte, eher vergeblich, ihm nach unten zu entkommen. Das Verhalten des Polen erzürnte Jochen gewaltig. Mit seiner Peitsche, die er gerade für den Anfahrknall in die Hand genommen hatte, holte er kurz aus und schlug dem jungen Mann die geflochtene Schmicke gezielt quer übers Gesicht. Als der mit beiden Händen und wütendem Gebrüll nach dem schmerzenden Schmiss griff, knallte Jochen mit der Peitsche über den Pferden und rief: „Teerab!" Mit einem jähen Ruck trabten Castor und Pollux an. Der Pole fiel vom Trittbrett hinterrücks auf die Straße, und Jochens Gespann schloss nach kurzer Zeit wieder zu den anderen auf. Am Grenzpunkt hinter ihm applaudierten die Sowjetsoldaten. Ihr Verhältnis zu den Polen war wohl nicht das Beste.

Der Schutzraum

Bis es dunkel wurde, kamen sie noch bis zum Dorf Löcknitz. Vor der Kirche stand ein einsamer älterer Mann mit einer Laterne, der Willi zum Halten aufforderte und erklärte, er möge ihm sofort mit dem gesamten Treck folgen, wenn ihm sein und seiner Mitreisenden Leben lieb sei. Erklären wolle er diese Maßnahme später. Alle sieben Wagen samt Insassen folgten dem freundlichen Mann durch einen relativ engen aber geraden Weg aus dem Dorf bis zu einer riesigen Feldscheune. Dahinter in einiger Entfernung gab es einen Bahndamm. Der ältere Mann öffnete die schweren Torflügel und ordnete die Bauernwagen und die drei kleinen Kutschen in die breite Tenne. Da die beiden Breaken nicht mehr unterkommen konnten, wies er sie in eine leere lange Wagenremise, die durch eine breite Tür mit der Tenne verbunden war.

Ganz leer war die Scheune nicht. Auf der Gegenseite der Tenne lagerte in einer Hälfte noch eine ganze Menge Heu. So konnten die Pferde zu allererst gefüttert werden. Wasser gab es aus einem sauberen Graben zwischen Scheune und Bahndamm, da musste eben ein wenig geschleppt werden. Eimer hatten sie ja genug unter den Wagen hängen. In der anderen Hälfte des großen Bereiches neben der Tenne waren noch weit über hundert Strohballen geschichtet. Aus diesen setzten die Erwachsenen eine Art Bankrunde zusammen, vor der andere Ballen die Funktion von Tischen übernahmen.

Als alle ihre Plätze gefunden hatten und die Kinder zur Ruhe gekommen waren, erklärte nun der freundliche fremde Mann sein überraschendes Verhalten. „Ihr seid also jetzt in meiner Scheune untergekommen, die für mich überhaupt keinen Wert mehr hat. Meine Töchter leben in Berlin und Potsdam. Sie wissen nicht, ob ihre Männer je zurück kommen werden, das ist wohl bei euch nicht anders, ihr jüngeren Frauen hier. Und mein Sohn, der unseren Bauernbetrieb schon seit Jahren bewirtschaftet hatte, ist bereits 1941 gefallen. Er war zwar schon nicht mehr ganz jung, aber noch ledig. Kurz nach seinem Tod verstarb auch meine Frau. So kann ich jetzt Vertriebenen wie euch Unterschlupf gewähren. Mein Wohnhaus und die Scheune im Dorf sind auch schon voller Heimatvertriebener.

Das ist für euch Flüchtende dringend nötig. Vor einer Woche hat der überhebliche pommersche Gauleiter Franz Schwede - ihr alle werdet wissen, wer das ist - das Stettiner Kinderbataillon zusammengezwungen. Die Jüngsten sind erst 14 Jahre alt! Die sind angewiesen, alle westwärts Flüchtenden aufzuhalten und gegen die vordringende Rote Armee eine militärische Blockade zu bilden. Das ist für diese Kinder schon grausam genug. Aber für euch speziell ist es jetzt auch zu gefährlich, weiter zu ziehen. Ihr solltet hier einige Tage warten. Der Iwan ist sowieso bald in Berlin, auch wenn der Führer anderer Meinung ist. Gibt es eigentlich schon eine polnische Grenzkontrolle westlich Stettins? Vor wenigen Tagen war das noch so deutsch, dass der Gauleiter dort die Buben zusammenziehen konnte."

Willi dankte ihm nun zuerst und berichtete dann kurz von der neuen Grenze, und wie sich allmählich der Treck zusammengefunden habe. Das war auch für Franziska und Jochen ganz interessant. Dabei lernten sie, dass die kleine Familie Rennhack, die bei ihnen zugestiegen war, die eines hinterpommerschen Pastors war. Dieser Familienvater war gefallen. Die ebenfalls junge Familie, die sie zuerst mitgenommen hatte, war aus jenem Dorf, in dem Johannes Rennhack seine Pfarrstelle gehabt hatte. Deren Vater wurde als Soldat vermisst.

Als alle gesättigt und die kleineren Kinder behaglich im Heu eingeschlafen waren, kam Gisela Rennhack zu Franzi und Jochen zurück. Nun hatte sie Zeit, sich bei ihrem Beschützer für den gekonnten Peitschenhieb zu bedanken. Dieser Jochen erschien ihr so eindrucksvoll erwachsen, dass es ihr schwer fiel, sein kindliches Alter nicht aus den Augen zu verlieren.

So entwickelte sich schnell während der Wartetage ein gutes Vertrauensverhältnis zwischen der Besatzung der letzten Break. Allmählich fingen Franzi und später dann auch Jochen an, ihrer Gisela, wie sie diese nennen durften, über ihre grausigen Erlebnisse hinter der Gaubenluke zu berichten. Das Meiste, was sie gesehen hatten, konnten sie gut beschreiben und auch als Vorgänge begreifen. Völlig mit Unverständnis erzählten beide dann von den beobachteten Vergewaltigungen. Was da geschehen war, konnten sie nicht irgendwelchen Erfahrungen zuordnen. Gisela merkte sofort, hier waren sogfältige Erklärungen notwendig, um die verstörten Kindergemüter nicht für eine erfüllte Partnerschaft unfähig werden zu lassen.

Behutsam erklärte sie den Beiden, dass solche Kriegszustände eigentlich wunderschöne Vorgänge zwischen Mann und Frau zu einer Folter missbrauchen können. Sie brachte es dann sogar fertig, genau zu beschreiben, welche wunderbare Zweisamkeit zwischen Mann und Frau der Geschlechtsverkehr sein könne. „Ihr wisst doch wohl, dass sich Männer und Frauen in manchen Regionen des Körpers unterscheiden?" Franzi nickte. „Ich hatte ja zwei Brüder, da war mehr außen zwischen den Beinen als bei mir und meiner kleinen Schwester Toni. Und bei dir, Jochen, ist das ja auch so. Wir haben jeden Sommer oft zusammen nackt in unserem großen Teich gebadet. Wir haben uns dann sorgfältig betrachtet, auch mal angefasst, und so wissen wir das halt. Und ihr erwachsenen Frauen habt dann Brüste, die es bei den Männern nicht gibt. Mutti hat damit meine Geschwister gestillt." Jochen nickte ebenfalls. „Das war ganz gut, dass ich meine Franzi hatte, bei meinen Brüdern war ja alles so wie bei mir."

Unter diesen Voraussetzungen gelang es dann der klugen Gisela sogar ohne Probleme, den Kindern den Geschlechtsverkehr zu beschreiben. „Schließlich ist dann der Mann mit seinem Organ so tief in dem der geliebten Frau, dass sie sich einige Augenblicke lang vorkommen, als wären sie eine einzige Person. Und vielleicht entsteht dabei eine neue Person, die dann im Bauch der Frau wächst. So wie jetzt wieder bei mir. Wenn das aber gewaltsam geschieht, wie ihr das bei euren Müttern und den anderen Frauen habt mit ansehen müssen, dann ist das furchtbar. Man nennt das deshalb Vergewaltigung." Franzi schaute einige Augenblicke lang Gisela nachdenklich an. Dann legte sie ihren Kopf in Jochens Schoß und meinte: „Wenn wir beide erwachsen sind, dann heiraten wir und machen das so miteinander." Wie sie mit dieser überraschenden „Verabredung" umgehen sollte, wusste Gisela nun wirklich nicht. Jochen fiel das leichter. Er war ein realistischer Junge und dachte bei sich: „Wer weiß, was ist, wenn wir erwachsen sind." Jetzt war ihm nur wichtig, seine kleine Freundin bei sich zu haben und beschützen zu dürfen. Nur so wurde diese böse Zeit für ihn erträglich.

Wohin?

Die Ruhepause in der riesigen Scheune erwies sich für Mensch und Tier als durchaus hilfreich. Die Erwachsenen konnten in Ruhe darüber nachdenken und besprechen, wie und wohin es weiter gehen könne. Die Kinder tobten im Heu herum und wurden immer vertrauter miteinander. Und die Pferde ruhten sich von der vergangenen Dauerbelastung aus, fraßen zufrieden das duftende Heu sowie kleine Hafermengen und kräftigten sich so für die vor allen liegenden Wege. Der freundliche Gastgeber Paul Paulsen pendelte zwischen seinem Wohnhaus und der Scheune. Bald hatte er herausgefunden, dass beide Trecks neu zu nunmehr dreien zusammengestellt werden müssten und auch könnten, weil jeweils einige der Flüchtigen ähnliche Ziele anzusteuern gedachten oder zumindest länger einen gemeinsamen Reiseweg hatten.

Zu Willis und Kurts Bauernwagen, mit denen diese Kurts Enkelin und deren Familie in der Nähe von Waren an der Müritz erreichen wollten, wurden die beiden Breaken von Agnes Tetzlaff und Jochen geordnet, außerdem eine weitere Break mit einer Familie aus Mutter und fünf Kindern, die den weiten Weg bis nach Ratzeburg in Schleswig-Holstein vor hatte, wo sie selbst ursprünglich her stammte. Auch ihr Mann war gefallen.

Agnes wollte vorerst einmal mit Franzi und Jochen in die Nähe von Neubrandenburg zu Franzis Tante, mit der sie ja verwandt war. Gisela, die gar keine Zielvorstellung hatte, beschloss, mit diesen allen zusammen zu bleiben. Der dritte und letzte von einer patenten wohl knapp über fünfzigjährigen Bäuerin gefahrene Bauernwagen aus der Gruppe im Wohnhaus würde mit zweien der Kutschen aus der Scheunengruppe nordwärts Richtung Greifswald fahren und alle vier restliche Kutschen unter Führung einer etwa sechzigjährigen Baronin über Prenzlau Richtung Berlin.

Die Pläne waren geschmiedet, aber kaum einer der Erwachsenen hatte eine tatsächliche Vorstellung davon, ob sie an ihren Zielorten eigentlich willkommen waren. Gisela Rennhack, die am wenigsten wissen konnte, wo sie würde bleiben können, verwunderte alle Anderen mit einer erstaunlichen Zuversicht. Sie war auch die Einzige, die fest davon überzeugt war, dass nun auch die Zivilbevölkerung allmählich die Nase davon voll habe, Hitlers Verteidigungsanordnung zu gehorchen, bis auf den letzten Blutstropfen zu kämpfen. Alle, die in Hinterpommern klug genug gewesen waren, sich zu ergeben, waren davon gekommen, die Helden und ihre Familien wohl alle tot. Das würden die Menschen in Vorpommern und Mecklenburg sicher auch bald begreifen.

Nachdem sich herumgesprochen hatte, dass das Kinderbataillon von Schwerinsburg bei Anklam Richtung Nordwesten auf dem Rückzug war, nach anfangs vielen Toten zum Glück nun fast ohne Verluste, wagten die Reisenden, wieder weiterzufahren. Jochen erfuhr Jahrzehnte später, dass die nordwestwärts flüchtende Kindereinheit nur der außerordentlichen Klugheit und Menschenfreundlichkeit eines Oberstleutnants Karl-Walter Rossdeutscher zu verdanken hatte, dass sie fast ungehindert durchkommen konnte. Dieser hatte als deren Kompaniechef alles daran gesetzt, die zum Militär gezwungenen Kinder nicht weiter einzusetzen und sie sogar zeitweilig regelrecht in den uckermärkischen Wäldern versteckt.

Als die Trecks am frühen Sonntagmorgen, dem 8. April, in verschiedenen Richtungen aus dem Dorf fuhren, blieben die nordwärts Reisenden noch bis Pasewalk hinter Jochens Break. Zur Verwunderung Giselas saß ihr Helfer Paul Paulsen neben der patenten Bäuerin auf ihrem Wagen und verließ so auch seine Heimat. Am Abend erzählte dann die Mutter mit den fünf Kindern, die ja nun zu ihrem Treck gestoßen war, die Bäuerin Christa Gerlach habe in den vier oder fünf letzten Nächten nicht mehr bei Ihren Nachkommen übernachtet, sondern mit Paul in dessen Schlafstube. Jetzt sei ihm, dem Mann ohne Familie, sein Besitz völlig gleichgültig, er habe ja nun eine neue Familie gefunden.

Und den Kontakt zu seinen Töchtern wolle er wohl später wieder knüpfen.

Der Kastanienhof, in den Franziskas Onkel Bruno eingeheiratet hatte, lag etwa fünf Kilometer, soweit Agnes das in Erinnerung hatte, vor Neubrandenburg in der Nähe eines Dorfes, ähnlich nahe am Wald wie der Ulmenhof. Nur war das Gutshaus fast ein Schloss, zweistöckig und recht prächtig. Durch die Heirat der ältesten Tochter Annemarie, die vier Schwestern hatte, mit Bruno von Ehwitz war der alte Familienname von Blücher, den es auch anderwärts öfter gab, an diesem Ort am Aussterben. Agnes Tetzlaffs Mutter war auch eine von Blücher gewesen, bevor sie geheiratet hatte.

Willkommen?

An der Einfahrt in den Zuweg zu diesem Kastanienhof trennte sich nun der Weg der beiden anderen Breaken von dem der Bauernwagen und der weitreisenden Break. Agnes und Gisela bedankten sich bei den beiden Männern und ihren Familien für die fürsorgliche Führung. Und Willi lobte Jochen noch einmal für seinen Pferdeverstand, die Behütung seiner kleinen Freundin und den wehrhaften Peitschenschlag, von dem ihm Gisela berichtet hatte. Dann setzte sich der kurz gewordene Treck wieder westwärts in Bewegung. Die beiden zurückgebliebenen Fahrzeuge rollten langsam durch eine kurze Kastanienallee Richtung Herrenhaus.

Agnes und Jochen hielten hintereinander vor der kleinen Freitreppe an. Bis sie alle von den Kutschen herunter gestiegen waren, hatte sich der kleinere Flügel der großen Haustür geöffnet. Heraus trat mit verwundertem Gesicht Franziskas Tante Annemarie, den kleinen Gerfried auf dem Arm. Zuerst erkannte sie ihre Großcousine Agnes. Doch dann sah sie Franziska, erkannte sie auch sofort und bemerkte erschreckt, dass außer dieser niemand von der von Ehwitzschen Verwandtschaft mitgekommen war. Die Kleine rannte die Treppe hinauf und fing dabei heftig an zu weinen. Annemarie stellte ihren kleinen Sohn auf seine Füße und empfing die Nichte ihres Mannes mit ausgebreiteten

Armen. Dann bat sie die ganze Reisegesellschaft ins Haus. Jochen rief: „Ich komme gleich nach, ich will nur eben die Pferde ein wenig versorgen."

Für diese Arbeit bekam er aber sofort Unterstützung. Aus dem Gesindehaus kamen zwei etwa sechzehnjährige Jungen herausgesprungen, die fast völlig gleich aussahen und in Eimern Wasser holten. Das ließen sie die Pferde saufen. So konnte Jochen die Futterbeutel füllen und den Pferden, die genug gesoffen hatten, wie üblich vorhängen. Als die Tiere fürs Erste zufrieden waren, gingen die Drei dann ins Haupthaus. In Kurzfassung berichtete Agnes, was sie über das Schicksal der Familie von Ehwitz wusste und über die nunmehr gelungene Reise zum einzigen Ziel, das sie und Franzi sich hatten ausdenken können. Annemaries Mutter hatte inzwischen mit einer tatsächlich vorhandenen Magd und deren Zwillingssöhnen im Speiseraum zwei große Tische zusammengestellt und mit allen verfügbaren Mitteln ein Abendessen vorbereitet.

Getreu der alten Weisheit, beim Essen spricht sich's am besten, wurden nun während einer gemächlich eingenommenen guten Mahlzeit - für die Vertriebenen erstmals wieder in einer häuslichen Atmosphäre - die unterschiedlichen Erlebnisse und Erfahrungen der letzten Wochen ausgetauscht. Annemarie berichtete, sie und ihre Familie hätten weder von ihrem Vater noch von ihrem Mann in den letzten Wochen ein Lebenszeichen erhalten. Die Sorgen ihrer Mutter, ihrer Schwestern und natürlich ihre eigenen seien schwer zu ertragen.

Dann sollte Franziska genauer über die schrecklichen Stunden auf ihrem Heimathof berichten, konnte aber kaum zusammenhängend sprechen, weil sie immer wieder weinen musste. Jochen kam ihr zu Hilfe und berichtete von allen Grausamkeiten, die sie beide hatten erleben müssen. „Und wo dein Vater steckt, Franziska, weißt du auch nicht?" „Nein, Tante Annemarie, hoffentlich leben er und Onkel Bruno noch. Und Jochen hat nur noch Verwandte in Wilhelmshaven."

Agnes Tetzlaff berichtete, ihr Mann sei 1943 in Stalingrad gefallen. Einer der wenigen Überlebenden, die entkommen seien, habe ihr das mitgeteilt. Ihre gesamte große Verwandtschaft sei ihr recht fremd, nur die von Blüchers hier seien ihr ein wenig vertraut. Also habe sie sich entschlossen, mit Franziska und ihrem tapferen Freund und hervorragendem Pferdelenker nach hier zu flüchten, völlig ohne jeden Plan, wie es mit ihr und ihren drei Kindern weiter gehen könne. Besondere Teilnahme erregte Gisela Rennhack mit ihrer Geschichte des gefallenen Mannes und der Schwangerschaft. Aber sie erntete auch Bewunderung, denn sie strahlte eine unerwartete Zuversicht und Ruhe aus. Jochen und Franzi hatten sie dafür schon unterwegs bewundert und lieb gewonnen.

Annemaries Mutter Friederike von Blücher war eine praktische Person. Sie und ihre Töchter waren im Gutshaus schon länger zusammen gerückt und hatten sich auf spätere Einquartierungen gefasst gemacht. Auch ihre Magd mit ihren Zwillingen und einer etwas jüngeren Tochter hatte im Gesindehaus entsprechende Vorsorge getroffen. So würde Jochen dort ein gemütliches Stübchen beziehen können. Die beiden Familien und Franzi konnten im Haupthaus untergebracht werden, wobei diese zur Überraschung ihrer Verwandten gerne bei Gisela und ihren Kindern einquartiert werden wollte. Mit der fünfjährigen Ute und dem kleinen Gerhard hatte sie sich auf der Reise ständig beschäftigt.

Die Zwillinge, Jochen und die inzwischen wohlerfahrene Agnes spannten schließlich die Pferde aus und konnten sie in vier großen Boxen im Stall des Gehöftes unterbringen. Die Wehrmacht hatte die edlen Blücherschen Tiere bereits 1940 konfisziert, ebenso das Familienauto. Die beiden Kutschen wurden noch kurz vor Dunkelheit auf die Scheunentenne geschoben, fertig ausräumen könnte man sie ja durchaus am nächsten Morgen.

Ihre Hoffnung hatte die Reisenden nicht getrogen, sie waren den Verwandten sichtlich durchaus willkommen, und nicht nur die Angehörigen, sondern auch die kleine Familie Rennhack und der verwaiste Jochen. Dass Friederike von Blücher lieber freiwillig diese Vertriebenen aufgenommen hatte als vielleicht wenig später wildfremde Menschen unter Zwang, behielt sie lieber für sich. Ihre pfiffige Magd Herta Fischer, die übrigens auch keine Ahnung vom Verbleib ihres Mannes hatte, war sich sicher, dass genau dieser Gedanke ihre Herrin so zufrieden erscheinen ließ, wie alle sie jetzt erlebten - allen Sorgen um die Männer zum Trotz.

Die Eroberungen

Ohne es selbst zu bemerken war die kleine Reisegesellschaft während ihrer Flucht in einen noch ziemlich friedlichen etwa keilförmigen Landstrich zwischen zwei Flügeln der Roten Armee geraten. Etwa hundert Kilometer südlich tobte die letzte große Schlacht um Berlin. Entlang der Ostsee wurde fast gleichzeitig ebenfalls ein letztes Aufgebot der Wehrmacht bis vor Greifswald zurückgedrängt. Langsam kam aber nun die Sowjetarmee auch in die bisher ruhig gebliebenen Gebiete dazwischen. Das Dritte Reich ging unter, Hitler nahm sich am 30. April das Leben. Obwohl Mecklenburg und Vorpommern von größeren militärischen Gefechten verschont geblieben waren, zeigte sich in dieser Endphase der Krieg noch einmal mit allen seinen Schrecken: Hunger, Seuchen, Vertreibung, Flucht, Vergewaltigungen, Tod.

Bei der Eroberung Mecklenburgs durch die Rote Armee leisteten wie zuvor in Pommern viele Orte den Berliner Verteidigungsbefehlen sowie Aufrufen zur Sprengung von Brücken und anderen Gebäuden zu ihrem Glück nicht Folge. So erfolgte etwa die Übergabe Greifswalds am 30. April kampflos. Doch dort, wo die Sowjets auf Widerstand stießen, wurden die Siedlungen unter Beschuss genommen. Dies betraf vor allem den östlichen Landesteil. Die anrückende Rote Armee nahm am 29. April die unsinnig von der Wehrmacht verteidigten Städte Friedland und Neubrandenburg ein. Zuerst plünderten die Rotarmisten diese mit Flüchtlingen überfüllten Kleinstädte. Im Suff steckten dann enthemmte Soldaten Häuser an, deshalb brannten die Innenstädte teilweise ab. Jeweils fast der halbe Ort verwandelte sich in eine rauchende Ruinenlandschaft.

Die Stadt Demmin wurde zum Fanal für die seelischen Gräuel des Krieges. Die wurde fast komplett niedergebrannt. Obwohl vom Kirchturm mit weißer Fahne die Aufgabe der Stadt signalisiert worden und die Rote Armee längst in die Stadt gedrungen war, explodierten alle Brücken. Sie waren von der letzten Wehrmachtsreserve zur Sprengung vorbereitet worden. Die Zivilbevölkerung saß damit in der Falle. Über die Flüsse gab es keinen Fluchtweg mehr. Auch die Sowjets konnten nicht weiterziehen, eigentlich wollten sie noch am selben Tag bis nach Rostock. Einige Deutsche begannen, auf vorbeiziehende sowjetische Soldaten zu schießen. Am 1. Mai eskalierte dann die Situation endgültig, als ein Apotheker bei einer "Siegesfeier" sowjetische Offiziere mit vergiftetem Rotwein tötete. Die Rache erfolgte umgehend und traf insbesondere Frauen und Kinder. Mädchen von zehn Jahren bis zur 80-jährigen Großmutter wurden vergewaltigt.

Die Frauen auf dem Kastanienhof, die von den Dachfenstern aus nicht nur die nahen Brände in der Viertorestadt Neubrandenburg sondern auch das Demminer Inferno mit ansahen, beteten inbrünstig um Verschonung des Anwesens, ihrer Kinder und letztlich ihrer selbst. Wie ein Wunder empfanden sie schließlich, dass sie am 9. Mai aus dem alten Volksempfänger der Familie von Blücher vernahmen, der Krieg sei beendet, das Deutsche Reich habe kapituliert.

Da die Städte ziemlich zerstört waren, suchten die zum Verbleib kommandierten Sowjetsoldaten nun außerhalb in den bisher geschonten Dörfern und Gehöften Quartier. Damit war auch die wundersame Schonung des Kastanienhofs zu Ende. Ein bis übers Dach verdreckter Kleinlastwagen kam in den Hof geprescht. Der Fahrer blieb am Steuer sitzen, zwei Soldaten stellten sich mit schussbereiten Maschinengewehren neben das Fahrzeug und ein großgewachsener etwa dreißigjähriger Sowjetsoldat, seiner Schulterstücke nach ein Offizier, trat alleine ins Haus.

Mit starkem Akzent, aber in Aussprache und Satzbau fast völlig korrektem Deutsch fragte er: „Wo ist Hausherr?" Friederike und Agnes waren ihm in der Diele entgegen gegangen, und Friederike antwortete höflich: „Mein Mann und mein Schwiegersohn sind irgendwo im Krieg, so wie sie. Hier gibt es nur eine große Menge Kinder und ihre Mütter." Ihre vier ledigen und immerhin mindestens siebzehnjährigen Töchter verschwieg sie vorsichtiger Weise.

Der Offizier nickte ihr zu, betrachtete dabei mit deutlichem Interesse die attraktive Agnes und fragte sie schließlich: „Hast du einen Mann?" „Ja, gehabt. Aber der ist bei Stalingrad gefallen." Und mutig fragte sie dagegen: „Und sie, haben sie eine Frau?" Der Offizier schüttelte den Kopf: „Hatte ich, ja, ist aber von deutschen Soldaten getötet worden." Der Mut dieser jungen Frau imponierte ihm gewaltig. Und, das gestand er sich sofort ein, sie gefiel ihm wirklich ausnehmend gut. „Hab lange keine Frau gehabt, und du keinen Mann. Ist nicht gut für Natur. Wenn du mich bei dir wohnen und mit dir schlafen lässt, schicke ich alle Soldaten weg. Bleibt nur mein Fahrer, schläft immer gerne bei Tieren. Ist ukrainischer Bauer und sehr guter Kerl. Bist du meine Frau, solange ich hier Neubrandenburg befehlen muss, gebe ich euch allen in diesem Hof sicheren Schutz."

Agnes hielt nun doch einen Augenblick den Atem an. Friederike erst recht und holte dann tief Luft, um diesem unsittlichen Ansinnen eine Abfuhr zu erteilen. Agnes kam ihr aber zuvor und antwortete dem Offizier, der ja wohl ein gehobener Dienstgrad war: „Einverstanden, wenn du uns deinen Schutz garantierst. Ich habe eine Bedingung: alle unsere Kinder musst du sehr gut behandeln, sonst hast du die als Gegner, das wäre schlecht."

Die anderen Frauen alle hatten völlig verwundert und auch ein bisschen entsetzt in den Räumen neben der Diele dieses Gespräch mit angehört. Annemarie flüsterte Gisela zu: „Dass sie das für uns alle tun will." „So ist sie halt. Für die Allgemeinheit, vor allem die Kinder, geht sie notfalls durch die Hölle." Der Offizier schickte nun seinen Fahrer mit dem verdreckten Fahrzeug los, die beiden Soldaten weg zu bringen, wohin auch immer. Der kam dann recht bald zurück, lud einen überraschend großen Seesack vom LKW und brachte ihn ins Gutshaus. Agnes wies ihn ins Obergeschoß und den kurzen Flur, an dem die ihr und ihren Kindern zugewiesenen drei Räume lagen. Annemarie zeigte ihm dann die Pferdeställe. Mit vergnügtem Pfeifen richtete er sich sofort mit einigen Strohballen, zwei ordentlichen Pferdedecken und seiner bescheidenen Ausrüstung häuslich ein.

Friederike hatte ihre Ruhe wiedergefunden und lud nun den russischen Offizier zur Abendmahlzeit an den großen Tisch. Für den Fahrer sorgte Herta Fischer. Außer den älteren gingen alle Kinder völlig unbefangen auf den fremden Mann zu. Auch Gisela Rennhack hatte ihre ruhige Selbstsicherheit wiedergefunden, so dass sie den fremden Soldaten ein wenig ausfragen konnte. „Ist es recht, wenn wir alle ‚du' sagen?" „Habe nichts dagegen."

„Sag uns nun bitte deinen Namen." „Ach ja, wisst ihr noch nicht. Bin ich Alexander Kalwelaschwili, Betonung auf ,lasch'. Nennt mich Alex. Komme aus Georgien. Habe mit meiner Frau in Smolensk gelebt, war dort Stellvertretung Standortkommandant. Bis eure Soldaten gekommen, viele Menschen umgebracht haben", er seufzte, „meine schwangere Frau auch. Fahrer ist Juri Petrov."

Alle Erwachsenen waren sehr erstaunt, wie gut dieser Alex Deutsch sprach und welche ordentlichen Manieren er besaß. Gisela fragte ihn dann auch, wie er zu diesen guten Sprachkenntnissen komme. „Ist mein Vater echter Georgier, hört man am Namen. Mutter war vor Heirat Angelika Weiß, deutsche Abstammung, vierte Generation Zarensiedler." Er lachte: „So bin ich halb deutsch. Deshalb mein Name schreibt sich mit ,x', nicht mit ,ks' wie russisch." Die jungen Mütter hatten nun genug zu tun, ihre Kleinen zum Schlafen zurecht zu machen, ein bisschen Märchen zu erzählen und dann zurückzukommen. Friederike blieb mit den älteren Kindern und ihren vier jüngeren Töchtern bei dem fremden Offizier, gegen den das Gefühl „Feind" gar nicht mehr so recht aufkommen mochte.

Plötzlich fragte Franzi: „Alex, warum nur kann derselbe sowjetische Soldat am Morgen Frauen vergewaltigen und Familien ermorden und am Nachmittag lieb und nett zu Kindern sein?" „Das kann man mit deutschen, amerikanischen, französischen oder englischen Soldaten auch erleben. Krieg zerstört alles, auch Charakter von Soldaten. Du weißt, was Charakter ist?" „Ja, das weiß ich. Du hast deinen noch ganz in dir?" „Oh, Kind, wenn ich da so sicher wäre. Ich mache aber alles dafür, ihn zu behalten." Als dann die Mütter zurück waren, wurden auch die älteren Kinder zum Schlafen geschickt.

Unerwartet

Schließlich zogen sich alle in ihre Schlafkammern zurück. Agnes war nun doch reichlich bange, wie sich die Sache mit diesem Sowjetoffizier wohl anlassen werde, der ruhig hinter ihr her die Treppe hinauf und in ihre Stube kam. Die erste Überraschung war, dass er sie freundlich aufforderte, sich zur Nachtruhe so vorzubereiten wie täglich. Dazu gehörte bei ihr eine sogfältige Ganzkörperwäsche. Sie zog sich aus und verwendete für ihre Reinigung etwa die Hälfte des frischen Wassers aus dem riesigen Krug auf ihrer Waschkommode. Alex entkleidete sich derweil bedächtig und erkannte im Betrachten der unbekleideten Agnes, dass sie seine Vorstellungen vom Nachmittag noch erheblich übertraf. Weil Agnes natürlich wusste, was unvermeidlich kommen würde, kroch sie ohne Nachthemd unter ihre Decke.

Nun kam die zweite Überraschung: Alex wusch sich in der zweiten Hälfte des Wassers mit der gleichen Sorgfalt wie Agnes von Kopf bis Fuß und gab ihr damit die Gelegenheit, nun auch ihn ausführlich zu betrachten. „Gar nicht so übel, der Mann. Und nicht der typische Drecksoldat, sondern mit Kultur", dachte sie. Dieser war langsam in Schwung gekommen und ruck-zuck bei ihr. Die dritte und bei Weitem größte Überraschung war schließlich, dass er sich als ein außerordentlich zärtlicher, zuerst recht behutsamer und dann äußerst leidenschaftlicher Liebhaber erwies, der Agnes so in Fahrt brachte, wie sie es selbst mit ihrem geliebten Ehemann beileibe nicht immer hatte erleben können. Als Alex mit ihr im Arm eingeschlafen war, versuchte sie sich darüber Klarheit zu verschaffen, was an diesem seltsamen Tag mit ihr geschehen sei. Bevor sie ebenfalls einschlief, gestand sie sich ein wenig erschreckt ein, sie hatte sich gerade tüchtig in diesen Alex verliebt und genoss seine Nähe.

Bevor sie am nächsten Morgen mit den Tetzlaffkindern zusammen als Letzte zum gemeinsamen Frühstück erschienen, meinte Franzi plötzlich zu Gisela: „Gestern habe ich gleich gesehen, das ist Agnes gar nicht so schwer gefallen, den Alex mit nach oben zu nehmen." Friederike wies sie zurecht. „Kind, wie kannst du sowas sagen, das kannst du doch gar nicht beurteilen!" Aber ihr genügte dann beim Kommen der Beiden ein Blick, um Franzi recht zu geben. Da war wohl einiges Unerwartetes passiert. Und Franziska war mit ihrer scharfen Beobachtungsgabe nicht zu unterschätzen.

Mehrere Wochen gingen ohne jede Besonderheit ins Land. Lediglich die ausnehmend gute Versorgungslage auf dem Kastanienhof war etwas Besonderes. Das fiel den Betroffenen aber kaum auf, da vorerst nur wenige Kontakte nach außen stattfanden. Nur die Hebamme des Dorfes kümmerte sich kompetent um Gisela, so kam ihr kleiner pausbackiger Henner problemlos zur Welt. Alex fuhr jeden Morgen in sein provisorisches Büro im Städtchen und tauchte abends mit sichtlichem Behagen in das muntere Leben mit den zahlreichen Kindern ein. Aus ihrer Verliebtheit machten Agnes und er auch kein Geheimnis. Es tat allen gut, so friedlich und vertraut mit dem ehemaligen Erzfeind zusammen zu leben. Und der redete lieber nicht über seine Maßnahmen in seinem Verantwortungsbereich. Die für ihn erschreckendste war die Auflösung der „Ärzte- und Hebammenschule" im enteigneten Landschloss, eigentlich Eigentum einer Familie von Hauff, inmitten des von den Nazis „verschönerten" Dorfes Alt-Reese. Alleine die zur „Gleichschaltung" dienenden Unterrichtsmaterialien entsetzten ihn zutiefst, ging es da doch ausschließlich um die „Auslese" Neugeborener im Sinne der „Arierisierung".

Ende Juli hatte sich die Besatzungssituation nach dem Rückzug der Briten und Amerikaner bis zu den Westgrenzen von Mecklenburg, Brandenburg, Sachsen-Anhalt und Thüringen, dem Vorrücken der Roten Armee bis dorthin und der Aufteilung Berlins in vier Sektoren allmählich gefestigt. In der Sowjetisch Besetzten Zone SBZ musste nun dringend für eine ordentliche Struktur im Schulwesen gesorgt werden, da gab es keine Einheitlichkeit. Mancherorts wurden die Kinder noch gar nicht wieder beschult, anderenorts lief der Unterricht aber bereits in geregelten Bahnen. Alex hatte das in und um Neubrandenburg und Demmin mit vielen Einheimischen so hervorragend organisiert, dass sein Verantwortungsgebiet bald vom sowjetischen Stab in Berlin als Musterbereich angesehen wurde.

Eines Tages war er für eine ganze Woche nach Berlin abkommandiert worden, der Stab wollte seinen Planungsansatz kennen lernen. Als er im Laufe des Samstags zurück kam, saß er am Steuer eines großen PKWs, eines Maybach S 38-42, den ein samt seiner Familie im April spurlos verschwundener SS-Sturmführer zu Kriegsbeginn bei einem Unternehmer konfisziert und der Wehrnutzung erfolgreich entzogen hatte. Alex hatte diesen sorgfältig eingehüllt in einem Schuppen hinter einer kleinen unzerstörten Villa in Pankow gefunden, die ihm der Stab ab sofort als Wohnhaus zugewiesen hatte. Er war befördert worden und hatte wegen seiner Deutschkenntnisse und den Erfolgen am Rand der Seenplatte nunmehr die Aufgabe, in der ganzen SBZ das Schulwesen einheitlich aufzubauen. Ihm war das besagte Wohnhaus überlassen worden, weil er angegeben hatte, er werde mit seiner ganzen Familie nach Pankow übersiedeln. Sein Vorgesetzter hatte ihn angeschnauzt: „Sie sind doch Witwer!" Seine ruhige Antwort: „Nicht mehr lange."

Als er diese Neuigkeiten alle Agnes berichtet hatte, endete er mit der Frage: „Es ist dir doch recht, meine Frau zu werden und deinen Kindern so einen neuen Vater zu verschaffen?" Agnes nickte strahlend: „Und damit meinem neuen Kind seinen Vater zu erhalten." „Liebes, ist das wahr, wir werden Eltern?" „Ja, während du in Berlin warst, hat mich die Hebamme des Dorfes untersucht, sie ist sich ganz sicher." Ihren Umzug am 27. September 1945 bewerkstelligten sie dann schon als frisch verheiratetes Ehepaar. Sogar die Break, mit der Agnes ihre Flucht durchgeführt hatte, konnten sie samt Pferden mit nach Berlin nehmen, Juri Petrov erledigte die Fahrt nach dort in zwei Tagen und wurde von da an Chauffeur, Pferdeknecht, Kutscher und Gärtner bei der Familie Kalwelaschwili. Die Zurückgebliebenen erhielten schließlich Anfang April 1946 die Nachricht von der glücklichen Geburt des kleinen Viktor.

Der nächste Aufbruch

Jochen hatte sich zwar in der Familie Fischer ganz gut zurechtgefunden und die Zwillinge recht gern. Sie hatten ihm den Neuanfang in ihrer Mittelschule erheblich erleichtert. Er fühlte sich dort ganz wohl und brachte ordentliche Noten. Was ihm etwas zu schaffen machte, war der Umstand, dass sich seine Freundin Franzi mehr und mehr in die Familie Rennhack hineingezogen fühlte. Sie übernahm Aufgaben, die sie mit den beiden Kleinen viel Zeit verbringen ließen. Sie ging auch in eine andere Schule als er. Gisela ersetzte ihr die verlorene Mutter, so gut sie es vermochte. Und das gelang ihr erstaunlich gut. Andererseits hatte Jochen auch wieder Verständnis für Franzis Sehnsucht nach Familie und Geschwistern, ging es ihm doch nicht anders. Und Herta Fischers bestimmende Art war nicht die Sorte Mütterlichkeit, nach der er sich sehnte. So wuchs in ihm der Plan, sich nach Wilhelmshaven zu seinem Onkel auf den Weg zu machen.

Ein Pferdegespann hatte er ja jetzt nicht mehr zur Verfügung. Castor, Pollux und die Break gehörten nun einmal Franzi. Und wenn er noch lebte, ihrem Vater, den Jochen immer sehr gern gehabt hatte. Er musste eine andere Möglichkeit finden. So etwas besprach man am besten mit „Großmutter Friederike", wie alle Kinder sie nannten. Die hatte nicht nur für alles Verständnis sondern auch eine Menge Verstand. „Das ist doch gar kein Problem, da fährst du einfach mit der Eisenbahn. Die fährt ja wieder. Entweder über Berlin, Magdeburg, Hannover und Bremen, oder über Hamburg und Bremen. Früher bin ich das öfter gefahren, in Ostfriesland lebte meine Patin. Weißt du denn, wie du deinen Onkel finden kannst?" „Ich denke ja. Der war technischer Hafenmeister im Marinehafen. Ohne Uniform. Diese Aufgabe wird es nicht mehr geben, aber die haben am Stadtrand ein eigenes Haus, mein Großvater war zwei- oder dreimal dort, nachdem Großmutter gestorben war. Die Adresse habe ich."

Rudolf Barnow war eigentlich Jochens Großonkel, aber so viel jünger als sein Großvater, dass er genauso gut ein älterer Bruder von Jochens Vater hätte sein können. Der war mit seiner Familie die einzige Verwandtschaft, von der Jochen Kenntnis hatte. Von den masurischen Angehörigen seiner Mutter hatte Jochens Familie seit Kriegsbeginn nichts mehr gehört. Nun aber beschäftigte ihn in Sachen Bahn eine wichtige Angelegenheit. „Mit der Eisenbahn wäre das schön, Großmutter Friederike. Aber ich habe doch nur ganz wenig Geld." „Da mache dir mal keine Sorgen. Wir haben ziemlich viel Geld und können es zu fast nichts gebrauchen. Irgendwann wird es sicher ganz wertlos. Da zahle ich dir doch jetzt lieber davon deine Reise."

Annemarie erforschte nun auf Bitten ihrer Mutter am Bahnhof, wie das mit den Zugverbindungen klappen könne. Jochen müsse zwar in Hamburg, in Bremen und in Oldenburg umsteigen, habe aber nach knapp zehn Stunden sein Ziel erreicht. Abends fünf vor Neun fahre er los und sei, wenn alles glatt liefe, um dreiviertel Sieben am Zielbahnhof. Als er Franzi nun davon in Kenntnis setzte, dass er den Hof verlassen wolle, war sie zuerst schier untröstlich. Erst als er versprach, ihr Briefe zu schreiben, konnte sie sich langsam an den Gedanken gewöhnen, ihn nicht mehr in ihrer Nähe zu haben.

In den nächsten Tagen wurde nun Jochens Reise organisiert, die Bahnkarte gekauft, ein sinnvolles Gepäck zusammengestellt und der Ablauf der Reise mit ihm mehrfach durchgesprochen. Herta Fischer gestand sich ein, dass sie zu diesem Pflegekind keinen so rechten Zugang hatte finden können, obwohl sie ihn durchaus ins Herz geschlossen hatte. So war der Übergang in seine Familie wohl für alle das Beste. Bei Franzi gab es noch einmal heiße Tränen. Jochen war nicht nur ihr Retter sondern auch das letzte Stück Heimat außer der Break und den Pferden, welches sie nun loslassen musste.

Bis auf eine Verspätung des ersten Zuges nach Hamburg, die aber nur einen eigentlich langen Aufenthalt wesentlich verkürzte, verlief die Reise Jochens in der Nacht vom ersten auf den zweiten Oktober ohne weitere aufregende Ereignisse. Nach sowjetischer Grenzkontrolle in Schwanheide und dann gleich noch einmal britischer Kontrolle in Büchen war der Übergang in die britisch besetzte Zone störungsfrei erledigt. Die besagte Verspätung in Hamburg verdankte der Zug einem ganz sorgfältigen britischen Soldaten. Jochen kam sich seltsam vor. Das war nun schon die zweite das Deutsche Reich aufteilende Grenze, die er innerhalb weniger Monate überquert hatte. In seinem Schulatlas zu Hause hatte es solche Grenzen nicht gegeben.

Auf einem Zettelchen, das er in seinem Brustbeutel immer bei sich hatte, stand mit der schönen Schrift seiner Mutter die Adresse der Familie seines Onkels. So konnte er sich in Wilhelmshaven gut durchfragen. Er wanderte also in den leicht verregneten Tag hinein und erreichte gegen neun Uhr das genannte Sträßchen im Stadtsüden, das schnurgerade auf einen Wald zuführte. Das letzte Haus rechts direkt am Waldrand trug die angestrebte Hausnummer. Es war nicht groß, aber in einem gepflegten Garten und am Waldrand idyllisch gelegen. Als er an der Haustür ankam, öffnete diese sich wie von Geisterhand. „Nein, mein Junge, wir geben einem bettelnden Kind an der Haustür nichts.", sagte mit strengem Ton eine Frau von etwa vierzig Jahren. „Auch nicht, wenn es Jochen Barnow heißt und das einzige überlebende Mitglied der pommerschen Familie von Onkel Rudolf ist?"

Pauline Barnow wurde bleich. „Kannst du das beweisen?" Sie war vorsichtig geworden in den letzen Wochen. Wenn das aber wirklich Rudolfs Großneffe war, erlebte sie gerade eine doppelte Sensation. Eine ganz fürchterliche durch die Mitteilung, die ganze Familie sei ausgelöscht, und eine kaum glaubliche wunderbare, Ottos Ältester habe überlebt, was immer Schreckliches auch geschehen sei. Jochen hatte mit einer Frage nach seiner Identität gerechnet. So hatte er seine Geburtsurkunde und die Kennkarte zur Hand. Seine Tante Pauline nahm ihn nun trotz seiner Nässe fest in ihre Arme und rief laut: „Rudi, du glaubst es nicht, wer gerade hier angekommen ist!" Allein diese Umarmung war für Jochen die Bestätigung, dass seine Weiterreise nach Wilhelmshaven das einzig Richtige gewesen sei. Endlich durfte er wieder Kind sein. Als dann sein Onkel ihn mit der gleichen Herzlichkeit begrüßt hatte, gönnte er sich die seit Monaten ersten richtigen Tränen. Zuerst einmal verpasste Pauline ihm nun trockene Kleidung und ein ordentliches Frühstück. Rudolf und sie setzten sich dann zu ihm an den Küchentisch und ließen ihn erzählen, was er alles Grausiges und Schönes seit März erlebt hatte. Der Bericht von der Vernichtung des Ulmenhofes und seiner Bewohner erschütterte die beiden sehr. Und dass Jochens Vater Otto gefallen war, hatten sie auch vorher nicht erfahren.

Plötzlich kam aus dem Dachgeschoss ein kleines blondes Mädchen in die Wohnküche und bestaunte den unbekannten Gast. Richtig, außer den beiden Söhnen Klaus und Jürgen, die jetzt etwa sechzehn und vierzehn Jahre alt sein mochten, sollte sich ja bei Onkel Rudolf und Tante Pauline noch nach knapp zehn Jahren eine kleine Ute eingefunden haben. „Du bist also die Ute? Ich bin der Jochen. Und wir sind ganz nah miteinander verwandt." Jochen musste lachen. „Eure Kleine ist ja wohl meine Tante." „Und nachher kommen auch noch deine beiden Onkel von der Schule nach Hause", lachte nun auch Rudolf. Utes Erscheinen entspannte die Tischrunde außerordentlich. Pauline zeigte Jochen nun ein gemütliches Stübchen im Dachgeschoss, das er in der nächsten Zeit würde bewohnen können. „Auf unserem Hof haben wir dann ab Ende Oktober viel mehr Platz, leider oder vielleicht zum Glück müssen wir in wenigen Tagen umziehen, es kam alles so plötzlich. Aber das erzählen wir dir später. Jetzt komm erst mal in Wilhelmshaven ordentlich an." Sie zeigte ihm dann, dass jedes ihrer Kinder hier unterm Dach ein eigenes Zimmerchen hatte, alle drei gleich wie das, in das er nun eingezogen war. In jedem gab es ein Bett, einen schmalen Kleiderschrank, einen kleinen Tisch und einen Stuhl. Für das kleine Haus ein ordentlicher Luxus, zumal da oben auch noch eine eigene Toilette vorhanden war. „Das ist unser Kinderklo", verkündete Ute stolz.

Der Neubeginn

Als Klaus und Jürgen aus dem Gymnasium nach Hause kamen, staunten sie zuerst einmal über den Familienzuwachs, erfuhren erschüttert von der pommerschen Katastrophe und überreichten dann ihren Eltern ihre Herbstzeugnisse. Gerade hatten die Herbstferien begonnen. Und die sollten für den Umzug genutzt werden. Zuerst einmal wurden aber die beiden Jungs für ihre Schulleistungen gelobt. Die würden den Einstieg in ihre neue Schule sicherlich erleichtern. „Wie ist das denn nun mit dir, Jochen, was den Schulbesuch betrifft?" Rudolf wollte schon für die neue Heimat vorausdenken können. „Ich war mehrere Monate überhaupt nicht in einer Schule, ab Sommer hatte dann unser Alex die Schulen alle wieder eingerichtet gehabt. Vielleicht ist es am besten, ich mache nochmals die Klasse Vier zu Ende. Anders, als Großmutter Friederike das dort organisiert hatte. Dann sieht man an Ostern, welche Schulform für mich die richtige ist." Das Ehepaar Barnow war sehr erleichtert, dass er selbst eine solche Idee äußerte, anders wäre ein ordentlicher Schulanschluss vielleicht misslungen.

Für Rudolf Barnow hatte seine berufliche Tätigkeit mit der Bombardierung des Militärhafens ein jähes Ende gefunden. So erlebte er das Ende des Krieges in seinem Haus, wo er sich zu seinem Glück auch während des

Angriffes aufgehalten hatte. Pauline und er hatten nicht die geringste Ahnung, wie das Leben nun weitergehen könne, waren aber in jener Zeit in bester Gesellschaft. So ging es ja vielen Familien. Und sie waren sich durchaus des großen Geschenkes bewusst, noch alle beieinander zu sein. Rudolf fuhr oft mit dem Fahrrad zu den zerstörten Hafenanlagen und beriet die Aufräumenden. Er kannte die Anlagen ja wie kein Zweiter. Zumeist packte er auch mit an. Jeder tat, was er konnte.

Als gegen Ende Juli viele Telefonleitungen wieder intakt waren, versuchte Pauline heraus zu bekommen, was aus ihren Brüdern und deren Familien geworden war. Sie wusste noch nicht einmal, ob ihre Mutter noch lebte. Immerhin konnte sie diese in ihrem Heimatdorf nahe Verden in ihrer Einliegerwohnung am Firmengebäude des Betriebes „Schirmer Fuhrunternehmen, Brennstoffe und Futtermittel" problemlos erreichen. Die alte Frau war überglücklich, Positives von ihrer einzigen Tochter und deren Familie zu hören. Zugleich jedoch hatte sie auch böse Nachrichten für Pauline. Deren beide Brüder Eduard und Friedrich waren im Februar 1945 gefallen. Eduards Frau war mit dieser Nachricht so wenig zurechtgekommen, dass sie sich und ihren beiden Kindern noch am Tag, als sie die Mitteilung erhalten hatte, das Leben nahm. Friedrichs Witwe Luise wollte mit ihren drei Kindern in jedem Fall in ihrer Geburtsstadt Hannover bleiben, wo sie mit ihrem Mann eine

Zahnarztpraxis betrieben hatte, in der sie selbst vorerst alleine weiter arbeitete.

Der Fuhrbetrieb war nun völlig ohne Unternehmer. Paulines Mutter war kränklich und traute sich diese Aufgabe keineswegs mehr zu. So fragte sie ihre Tochter direkt, ob sie nicht mit Rudolf in diese Arbeit einsteigen wolle. Auch die zugehörige Pferdezucht, die Eduard wie auch schon Paulines Vater als durchaus einträgliches Hobby zusätzlich betrieben hatte, war nun ohne Führung. Diese war für die einst begeisterte Reiterin Pauline genau die richtige Herausforderung. Und Rudolf, der tagtäglich von früh bis spät mit Planung und Organisation beschäftigt gewesen war, würde sich im Handel wie auch im Fuhrbetrieb sicherlich schnell zurechtfinden. Also beschlossen die Beiden, mit ihren Kindern in das riesige Haus der Firma umzusiedeln. Paulines Geburtsname Schirmer würde den Betrieben erhalten bleiben, den Namen der neuen Inhaber könnte man ja zusätzlich in den Firmennamen aufnehmen.

Klaus, mit dem sich Jochen sofort sehr gut verstand, beschrieb ihm nun die zukünftige Heimat, in der sich die Familie Barnow vor einigen Tagen erstmals umgesehen hatte. Da war einmal das große Wohnhaus mit dem langen Büroanbau, in dem auch die nette Oma Hermine ihre Wohnung hatte. Dann kamen im rechten Winkel dazu mehrere Lagerhallen unter einem riesigen Dach.

Und dem Wohnhaus gegenüber erstreckten sich Wagenremisen und Pferdeställe. Dort standen die Arbeitspferde, Kaltblüter für die Lieferwagen. Auch zwei Lastkraftwagen gab es, angetrieben durch Holzgas, was den Fahrzeugen ein abenteuerliches Aussehen verlieh. Ein Teil der Rückseite des Stallgebäudes und weitere Stallungen in der Verlängerung der großen Halle waren für die Zuchtpferde gebaut worden. Daran grenzten riesige Weiden, ein Abreitplatz und ein Trainingsplatz für Springreiter. Nur waren leider fast keine Zuchtpferde mehr da, die nationalsozialistische Führung hatte den größten und vermutlich wertvollsten Anteil konfisziert. Zwei etwas müde wirkende Stuten und ein sichtlich schon recht alter, aber noch immer hübscher Hengst waren der spärliche Rest.

Bereits zehn Tage nach Jochens Ankunft in Wilhelmshaven war diese Stadt dann für ihn schon wieder Vergangenheit. Zwei Angestellte der Firma Schirmer, beide bereits knapp 70 Jahre alt, waren mit den Holzvergaser-Lastwagen nach Wilhelmshaven gekommen. Im Handumdrehen war alles geladen. Die neuen Bewohner des Hauses, zwei Flüchtlingsfamilien ohne Wissen über den Verbleib der Väter, übernahmen einiges Mobiliar. Eigentlich hätte deshalb einer der Laster genügt. Das Haus wurde in Zukunft von einer zuverlässigen Nachbarsfrau verwaltet, so fiel der Abschied nicht allzu schwer. Klaus, Jürgen und Jochen durften mit Rudolf in den Lastwagen mitfahren, es war ja genügend Platz. Pauline und die kleine Ute fuhren mit der Bahn.

Der Schirmersche Betrieb fand sich in der Marsch zwischen Weser und Aller einige Kilometer südlich der Stadt Verden. „Mach dich darauf gefasst, da gibt es weit und breit sonst kaum Menschen", hatte Klaus gewarnt. „Mir gefällt das aber ganz gut, wenn auch der Schulweg am besten mit dem Fahrrad zurückgelegt werden muss." Jochen hatte ihm erklärt, er habe in Pommern schließlich genau so entfernt vom eigentlichen Dorf gelebt, er fände das auch ganz schön. Aber richtig schön fand er dann das Anwesen, in das sie schließlich mit den beiden rauchenden Lastwagen einbogen. Durch die Beschreibung, die ihm Klaus bereits in Wilhelmshaven geliefert hatte, begriff Jochen auch sofort, was wo zu finden sei.

Nachdem die drei Buben nun beim Abladen und Einräumen geholfen hatten und Pauline mit Ute vom Bahnhof abgeholt worden war, gab es ein gutes Abendessen, das Oma Hermine mit einer jungen Frau zusammen vorbereitet hatte. Die erwies sich als die Sekretärin und Buchhalterin des Fuhrbetriebes, die wie viele Frauen ihrer Generation keine Ahnung hatte, ob ihr Mann noch am Leben sei, und wenn ja, wo. Während Pauline dann mit ihrer Mutter und dieser jungen Frau zusammen einen ersten Einstieg in das Hauswesen bekam, nahmen die drei Jungen die kleine Ute mit und gingen in die Pferdeställe. Jürgen stand mit Ute an der Hand etwas hilflos zur Seite, als sich Klaus und Jochen intensiv mit den Tieren zu beschäftigen begannen.

Klaus und Jürgen erlebten völlig verblüfft, mit welchem Vertrauen sich die Arbeitspferde von Jochen sofort streicheln und sogar ins Maul schauen ließen. „Acht Belgier, die schon über zwanzig Jahre alt sind. Kein Wunder, dass die Wehrmacht die nicht mitgenommen hat. Pferde in diesem Alter können nur ordentlich arbeiten, wenn sie regelmäßig und korrekt gefüttert werden. Heu ist ja genügend da, aber wo ist Getreide und vielleicht auch etwas Gemüse und Obst? Noch sind die Acht in einem ganz guten Zustand, aber die brauchen eine bessere Fütterung." „Das muss Mama wissen, die will ja die Tiere betreuen." Jochen nickte „und ich", als wäre das die selbstverständlichste Sache der Welt.

Ziemlich erschüttert war er dann über den Zustand der beiden Stuten auf der anderen Seite des Stallgebäudes. Die edlen Hannoveraner waren nicht so robust wie die Arbeitspferde, die auch eine Unterernährungszeit ganz gut überstanden hatten. Diese schönen Pferde brauchten dringend eine bessere Fütterung. Das eine war wohl etwa zwölf, das andere etwa fünfzehn Jahre alt. Wären sie gesünder, hätte man sofort mit ihnen züchten können, dessen war sich Jochen ganz sicher. Die Voraussetzungen im Körperbau sah er bei beiden. Ganz begeistert war er aber von dem alten Hengst. Obwohl der sicher mindestens so alt wie die Arbeitspferde war und auch ein wenig unterernährt, sah Jochen sofort die außergewöhnliche Klasse dieses Pferdes. Er musste dringend mit Pauline reden, hier musste gutes Futter herbei.

Wieder im Haus, wurde Ute nun erstmals in ihr Bett in ihrem neuen Zimmer gebracht. Müde genug war sie von diesem aufregenden Tag. Jürgen hatte inzwischen seinem Vater von der Stallbesichtigung Bericht erstattet. „Weißt Du, Papa, ich dachte immer, Klaus kennt sich mit Tieren aus. Aber was der Jochen alles kennt und kann, das ist unglaublich. Ich denke, mit ihm zusammen wird Mama eine gute Zuchtarbeit leisten können, so wie Opa das früher gemacht hat. Du und Klaus werdet den Fuhrbetrieb leiten, der hat das gleiche Geschäfts- und Organisationstalent wie du. Und ich mache Abitur und studiere dann Jura." Rudolf war völlig verblüfft. Noch war seine Familie nicht ganz im neuen Leben angekommen, schon machte sein Zweiter konkrete Pläne auf Jahre hinaus. Und äußerte erstmals einen Berufswunsch, einen ganz unerwarteten zudem.

Den Brüdern und Jochen gelang dann nach Ferienende ihr Einstieg in ihre Schulen ohne Probleme. Rudolf bekam einen ersten Überblick darüber, dass durch die britische Besatzungsarmee bereits wieder genau geregelte Transporte von Heizmaterial und Futtermitteln organisiert wurden und damit der Betrieb verblüffend ausgelastet war. Pauline nahm sich neben der Hausfrauenarbeit, bei der sie erstaunlich viel Hilfe durch ihre Mutter erfuhr, unter kräftiger Mitwirkung Jochens die Fütterung und Pflege der Pferde vor. Bereits im eigenen Lager waren vorerst gut gelagertes Wintergemüse in Form verschiedenster Wurzeln und auch genügend Hafer für alle Pferde zu finden. So konnten Jochens Erkenntnisse sofort tatkräftig befolgt werden. Und die schöne Wohnung im großen Haus übertraf alles bisher Gehabte.

Jochen erinnerte sich bald an sein Versprechen, Franzi zu schreiben. Er verfasste einen ausführlichen Bericht über die Ereignisse der letzten Wochen, schrieb seine neue Anschrift nicht nur auf den Umschlag, sondern auch in den Brief, und warf ihn korrekt frankiert voller Hoffnung auf baldige Antwort in den Briefkasten neben dem Schultor. Aber im Verlauf der letzten Monate des Jahres wartete er vergebens darauf, dass Franzi zurück schrieb. Er war bitter enttäuscht. Pauline überzeugte ihn deshalb, zu Weihnachten noch einmal einen Brief zum Kastanienhof auf die Reise zu schicken.

Weihnachtsgeschenke

Bereits in der Adventszeit passierte es ab und zu, dann immer häufiger, dass Jochen bei Gesprächen zwischen Kindern und Erwachsenen erst Pauline mit „Mama" und dann auch Rudolf vermehrt mit „Papa" ansprach. Den Kindern schien das gar nicht aufzufallen, Jochen war längst zum selbstverständlichen Bestandteil der Familie geworden. Obwohl er jede freie Minute bei den Pferden verbrachte, erledigte er die Wiederholung der zweiten Hälfte des vieren Schuljahres ohne Anstrengung. Und der Älteste in der Klasse war er auch nicht. Die Kinder der Heimatvertriebenen hatten zumeist die gleichen oder noch größere Probleme, was ihre Schulgeschichte betraf. Einige Bemühungen der Lehrkräfte waren indessen nötig, die alteingesessenen Kinder mit den herzugekommenen zusammen zu bringen.

Jochen hatte sich bald mit zwei anderen Jungs ein wenig angefreundet. Franz stammte aus dem Kerndorf. Seine Mutter und drei Geschwister lebten in einem kleinen Bauernhof am Dorfrand. Der Vater war bei der amerikanisch-britischen Invasion am Ärmelkanal gefallen, sie hatten die amtliche Bestätigung. Die Mutter arbeitete, da sie ausgebildete Lehrerin war, in einer Grundschule in Verden. Ein großes Glück für die Familie.

Peter, der Zweite im Freundestrio, war in Oberschlesien geboren. Seine Mutter, er und seine ältere Schwester waren auf abenteuerlichen Fluchtwegen in die Marsch gekommen. Sein Vater war vermisst. Seine Mutter hatte als Säuglingsschwester im Krankenhaus der Kreisstadt ebenfalls bereits eine Arbeit gefunden. Sie waren im Hof der Familie seines nunmehr Freundes Franz von den Engländern einquartiert worden. Nach anfänglichen kleineren Reibereien hatten sich die Mütter der beiden Jungen zusammen gerauft und waren Freundinnen geworden wie ihre Söhne Freunde.

Aufgrund der Lebensmittelkarten, die schließlich alles Lebensnotwendige rationierten, war ein etwas üppigeres Weihnachtsfest ausgeschlossen. Immerhin waren am Rande des großen Grundstücks des Schirmerschen Anwesens vor Jahren kleine Tannen gepflanzt worden, aus denen sich ohne große Schäden sowohl für die Familie Barnow samt Oma als auch für alle Angestellten je ein Weihnachtsbaum herausschlagen ließ. Ein riesiger Nussbaum hinter der Halle hatte genügend Nüsse geliefert, um sie zum größten Teil gegen einige Süßigkeiten bei den britischen, vor allem den kanadischen Soldaten eintauschen zu können. So konnten Pauline und ihre Mutter eine richtige Bescherung vorbereiten.

Während Oma Hermine lieber diese Strapaze vermied, marschierte der ganze Rest der Familie am Heiligabend ins Dorf, um traditionsgerecht am nachmittäglichen

Weihnachtsgottesdienst teilzunehmen. Die Luft war feucht und zu warm. Als danach dann das Abendessen stattgefunden hatte, wurde die Tür zur großen Wohnstube geöffnet. Der Weihnachtsbaum war mit Papierrosen festlich geschmückt und trug eine reichlich abenteuerliche Mischung verschiedenster Kerzen und Kerzenreste. Diese Besonderheit schuf eine ganz außergewöhnliche Stimmung. Erinnerungen an die Jahre zuvor kamen auf, auch manche Träne floss. Aber auch viele dankbare Gedanken versöhnten.

Schließlich stellten sich die drei Jungen zusammen, und der redegewandte Jürgen hielt eine kleine Ansprache: „Liebe Mama, lieber Papa, liebe Oma, liebe Ute, wir drei haben für euch ein Geschenk gefunden. Es wird die Firma zwar Einiges an Geld kosten, aber wir glauben, das ist es wert. Die Mutter von Jochens Freund Franz hat vor zwei Jahren von der Wehrmacht ihre beiden Zuchtstuten weggenommen bekommen. Ihr gefallener Mann war Hobbyzüchter. Dagelassen haben die Soldaten ein Jährlingsfohlen. Das ist jetzt drei Jahre alt und nach Jochens Einschätzung die schönste und ebenmäßigste Hannoveraner Stute weit und breit. Wir haben Frau Winter gefragt, und sie würde uns die Stute von Herzen gerne verkaufen. Sie kann sie kaum versorgen, und das Geld dafür kann sie sicher auch gut gebrauchen. Mit unserem Hengst gekreuzt könnte ein Jahrhundertpferd entstehen."

Pauline und Rudolf waren sehr gerührt darüber, dass ihre drei „jungen Männer", allen voran der junge Fachmann Jochen, so mitgedacht hatten und der Zukunft des Gestütes wieder einige Nachhilfe leisten wollten. Rudolf setzte nun sein feierlichstes Gesicht auf und hielt seinerseits eine kleine Rede: „Mama und ich haben auch etwas für euch, was wir uns mit Oma zusammen ausgedacht haben. Wie wir alle sehen, hat Jürgen kurz nach unserem Umzug hierher Recht behalten:

Du, Klaus, willst, wie du uns bereits gesagt hast, nach der mittleren Reife eine kaufmännische Ausbildung machen. Das geht sogar in unserem Betrieb; Gerda Klein, unsere Buchhalterin, darf nämlich ausbilden. Und du bist ja jetzt schon mein ‚Juniorchef'. Du, Jürgen, strebst dem Abitur zu, bei deinen Schulleistungen wird das mühelos gelingen. Und was du studieren möchtest, hast du uns auch schon angekündigt. Für die Zukunft des Pferdehofes kommst nur du, Jochen, in Frage. Damit das keine Probleme gibt und weil wir dich so lieb gewonnen haben, sind wir in der vergangenen Woche in der Jugendbehörde gewesen und haben den Antrag gestellt, dich zu adoptieren. ‚Oma', ‚Mama' und ‚Papa' sagst du ja eh schon die ganze Zeit. Und was es mit unserer kleinen Maus geben wird, das wird die Zukunft bringen."

Aufbauzeit

Zu den Osterferien endete für Klaus die Schulzeit, und Jochen wechselte zum neuen Schuljahr in das Gymnasium. Barnow hatte er schon geheißen, nun aber war auch seine Adoption erledigt und er ein vollwertiges Mitglied der Geschwisterschar. Durch Aufträge der britischen Besatzungsmacht und das Wiederaufleben zahlreicher landwirtschaftlicher Betriebe in den umliegenden Dörfern hatte der Fuhrbetrieb eine Menge zu tun. Mit den Pferdewagen wurden Waren vom Bahnhof herbei und zu den näher liegenden Kunden wieder weggeschafft. Die Lastwagen bedienten entferntere Empfänger. Klaus hatte schon in den vergangenen Monaten gerne seinem Vater und der Buchhalterin Gerda Klein über die Schultern geschaut und Hilfen geleistet, so gut er das konnte. Nun wurde das Ganze richtig organisiert, und Gerda Klein stellte sehr schnell fest, der Juniorchef werde wohl sehr bald alle Vorgänge und Abrechnungen nicht nur begreifen sondern auch beherrschen lernen.

Jochen hatte ja nun mindestens sechs Schuljahre vor sich, er war aber so intensiv an der Planung und Arbeit im Pferdehof beteiligt, dass sich Pauline zuweilen besorgt fragte, ob er sich nicht zu viel zumute. Wenn sie ihn dann einmal bremsen wollte, lachte er nur. „Das ist doch das Schönste, was ich mir denken kann. Lass mich nur, Mama." Bereits nach dem Umzug hatte er ja einen Brief an Franzi verfasst und abgesandt. Und auch der zweite Versuch, mit ihr in Verbindung zu kommen, war gescheitert. Das stimmte ihn traurig und sorgenvoll. Hoffentlich war dort im Osten der Seenplatte nichts Schlimmes passiert. Aber bald verdrängten seine Aufgaben seinen Kummer.

Als nun der Hengst und die beiden älteren Stuten wieder gesund und munter auf der Weide standen und die junge Stute vor Temperament fast nicht zu bremsen war, machte Pauline mit Jochen einen systematischen Plan für erste Zuchtversuche. Sowie eine der älteren Stuten rossig würde, sollte der alte Hengst sie zu decken versuchen. Und wenn die zweite soweit war, diese dann auch. Mit der jungen Stute, die sich sofort mit den vorhandenen Pferden bestens vertragen hatte, wollten sie so lange warten, bis Mutter Pauline sie eingeritten hatte. Sie schien sich trotz ihrer Lebenslust - oder gerade deswegen - perfekt für die Dressur zu eignen.

Pauline hatte bereits vor ihrer Heirat eine Qualifikation als Reitlehrerin erworben. So hatte sie den Mut, nicht nur selbst das junge Pferd zuzureiten, sondern nach einiger Zeit diese Stute „Dana" mit der kleinen Ute als Reiterin vertraut zu machen und so gleichzeitig ihrer Tochter Schritt für Schritt das klassische Dressurreiten beizubringen. Um Fütterung und Gesundheit der Pferde kümmerte sich Jochen. Inzwischen hatte Rudolf Barnow eine verwitwete Flüchtlingsfrau angestellt, die zu Hause Pferde gehabt hatte und nun mit Begeisterung die Alltagspflege aller vorerst zwölf Pferde kompetent in die Hand nahm. Es war erstaunlich, wie sie ohne Murren anerkannte, dass Jochen mehr wusste als sie und ihr öfters regelrecht Anordnungen erteilte. Er war der Juniorchef bei den Pferden. Basta.

Im Abstand von nur wenigen Wochen belegte der Hengst tatsächlich die beiden älteren Stuten. Einer der alten Pferdekutscher des Fuhrbetriebes wusste zu berichten, aus diesen Kreuzungen hätten je zwei Jungpferde das Interesse der Wehrmacht erweckt und seien abtransportiert worden. „Zwei waren dafür eigentlich noch zu jung und natürlich alle vier viel zu schade." klagte er. So wussten Pauline und Jochen wenigstens, dass beide Stuten Fohlenerfahrung hatten. Deren Gesäuge hatte ihnen schon in dieser Richtung Hoffnung gemacht.

Ute entwickelte sich trotz ihrer noch etwas zu kurzen Beine in wenigen Monaten zu einer hochkonzentrierten und sichtlich zur Pferdeflüstererin begabten Dressurreiterin. Dana und sie boten ein Bild wie aus einem Guss. Zudem wurde die Stute durch regelmäßige Arbeit immer schöner und erheblich ruhiger. Inzwischen hatten die älteren Stuten ihre

Fohlen bekommen, die eine ein Hengstchen und die andere ein Stutfohlen. Beide waren gesund zur Welt gekommen und bevölkerten fröhlich die Weiden. Weil inzwischen Dana perfekt zugeritten und weiterhin körperlich gesund war, wurde nun auch sie bei erstbester Rossigkeit belegt. Es war erstaunlich, wie viel Temperament der alte schöne Hengst noch bewies.

So hatte der Pferdehof Schirmer etwa drei Jahre nach der Übernahme durch die Barnows aus den zuerst so herunter gekommenen Restpferden und dem Zukauf drei erste Zuchterfolge erreicht. Das kleine Hengstfohlen der jungen Stute war nämlich ebenfalls ein munterer und gesunder kleiner Kerl. Jetzt galt es, Käufer oder Tauschpartner zu finden. Eine große Hilfe dafür bot das inzwischen dichter und zuverlässiger gewordene Telefonnetz der Post. Pauline fragte sich über ehemalige Schulkameraden durch, bis sie einen Kontaktmann genannt bekam, der sich als ein Glücksfall für die Zukunft des Pferdehofes als ordentliches Gestüt erweisen sollte. Dieser Mann hieß Hans Joachim Köhler.

Köhler war intensiv durch den Zweiten Weltkrieg geprägt. Anfänglich war er in Frankreich und dann in Russland stationiert. Trotz einer schweren Verletzung im Kampfeinsatz und dem Verlust seines linken Unterschenkels kämpfte er in den letzten Kriegstagen im 31. Kavallerie-Regiment des berühmten Reiterverbandes

Boeselager. Obwohl er erst siebenundzwanzig Jahre alt war, hatte man Köhler die Verantwortung für über tausend Reiter und Pferde übertragen. Durch diese Aufgabe lernte er wichtige Schlüsselkompetenzen. Sein Leitsatz "Lobe, wo du kannst - tadel, wo du musst" weckte Bewunderung, er wurde für viele ein Vorbild.

Er war zwar jetzt offiziell „Heimatvertriebener", aber in Wirklichkeit nirgendwo verwurzelt, bis er in der Nähe von Verden seine spätere Frau Helga, eine junge begabte Springreiterin, kennen lernte. Wie kaum ein anderer ist Hans Joachim Köhler mit dem Aufbau und der stetigen Weiterentwicklung des Standortes Verden für die Zucht und die weltweite Vermarktung des Hannoveraner Pferdes verbunden. Er beschritt in einer Zeit neue Wege der Pferdevermarktung, in der die Motorisierung und damit das überflüssig Werden der Pferde in Landwirtschaft und Transportwesen immer mehr zu deren Nutzung als Sport- und Freizeittier führte. Er kam sofort, als er von den Fohlen der Barnows hörte.

Und er war begeistert von der Qualität dieser drei jungen Tiere. Innerhalb weniger Wochen hatte er den Tausch der beiden älteren Fohlen gegen zwei etwa gleichwertige junge Stuten aus anderen Zuchtlinien organisiert. Den jüngeren Hengst wollte er gerne als Jährling in der ersten von ihm organisierten Verdener Auktion vorgestellt sehen. Er sagte diesem Jungpferd ein großes Interesse vieler Züchter voraus. Durch den Verlust wertvoller junger Pferde waren herausragende Junghengste Mangelware. Diese erste Verdener Auktion wurde im Winter 1949 in der Brunnenweg-Kaserne durchgeführt. Direkt danach wurde das erfolgreiche Veranstaltungskonzept ständig weiterentwickelt, sodass bei der dritten und vierten Auktion mit jeweils mehr als 40 Elitepferden schon insgesamt sehr gute Erlöse erzielt worden sind. Aber auch die erste Auktion brachte für den Dana-Sohn Dorian einen ordentlichen Preis, immerhin vier Züchter boten sich flott in die Höhe.

Kaum zu glauben war, dass der nun wirklich reichlich alte Hengst der Barnows im Sommer und Herbst 1951 noch die Kraft aufbrachte, sowohl die älteren als auch die beiden eingetauschten Stuten zu belegen. Einige Zeit danach aber entwickelte er Schwächen und erlag im folgenden Winter einer Lungenentzündung. Durch die Währungsreform hatte sich die dünne Kapitaldecke des Pferdehofes fast ganz verflüchtigt, jedoch lief das Transportunternehmen, nun völlig ohne Pferde und mit inzwischen sechs Lastwagen, zwei davon mit Anhängern, weiterhin ausgezeichnet. So zweigten Vater Rudolf und Sohn Klaus zur dritten Verdener Auktion, durchgeführt 1951, einen namhaften Betrag ab, mit dem Pauline und Jochen einen passenden Junghengst ersteigern sollten. Beide Männer, die elfjährige Ute und auch Jürgen waren mitgekommen und wollten einmal erleben, wie das so ablief.

Als der vierte Junghengst namens Branco zur Auktion geführt wurde, flüsterte Jochen den Eltern zu: „Der wird ein Spitzenhengst, aber das sieht man nicht sofort. Mit dem wurde falsch gearbeitet, und auch die Fütterung war nicht besonders gut. Beachtet mal die Rückenlinie und den Winkel der Hinterhand." Drei Konkurrenten wollten dem jungen Pferd ins Maul schauen, doch das ließ das nicht zu. Einem der Züchter schnappte es sogar nach der Hand und hätte ihn fast gebissen. Jochen ging als Letzter zu dem jungen Hengst, sprach ruhig auf ihn ein, öffnete ihm problemlos das Maul und konnte ihn dann ungestört überall anfassen und befühlen. „Papa, Mama, den ersteigert, das wird wirklich ein Spitzenpferd." Als der Mindestpreis genannt wurde, hob Pauline als Einzige die Hand. Jochen hatte so oft Recht behalten, sie vertraute ihm auch jetzt.

Klaus hatte zwar geplant, sich nun auch einmal wieder mit der Pferdeabteilung des Betriebes ein Wenig vertraut zu machen, wurde aber bei der Auktion erheblich weniger von der Attraktivität des Junghengstes gefesselt als von der einer schwarzhaarigen jungen Dame, die mit ihrer Familie in der ersten Reihe der kleinen Zuschauertribüne saß. Er brachte es fertig, sie in der Mittagspause anzusprechen und sich für das kommende Wochenende mit ihr zu verabreden. Zielsicher entwickelte er eine zunehmend enge Beziehung zu dieser Clara Osterkamp, die ein gutes Jahr später in die Ehe führte. Im Mai 1953 bescherten sie Pauline und Rudolf dann das erste Enkelkind.

Das nun langsam im Entstehen begriffene Gestüt hatte nach der Auktion drei erstklassige Jungstuten und drei ältere zuverlässige, die außer dem Dressurpferd alle trächtig waren, sowie dazu passend einen jungen Hengst für eine Fortsetzung züchterischer Aktivitäten. Jochen hatte inzwischen die Mittlere Reife und absolut keine Lust, dem Abitur zuzustreben. Eine besondere Berufsausbildung in der Pferdewirtschaft gab es noch nicht, also musste er den Weg zum Landwirt beschreiten. Auch hierfür gab es noch keinen schulbegleiteten Ausbildungsgang. Drei Jahre Lehrzeit, auch im elterlichen Betrieb, zwei bis vier besondere Lehrgänge und eine schlichte Abschlussprüfung reichten aus. Zwei dieser Lehrgänge absolvierte er im Landesgestüt in Celle und einen weiteren in einem großen privaten Gestüt jenseits der Weser. Seine Prüfung im April 1954, wenige Wochen nach seinem neunzehnten Geburtstag, bestand er schließlich mit einem Notendurchschnitt „Einskommafünf". Und Branco war tatsächlich ein regelrecht edles Pferd geworden.

Wiederkehr

Am vierten Oktober, einem sonnigen und für Herbst recht milden Donnerstag, hatte sich Gisela Rennhack am Nachmittag zum Stillen ihres kleinen Henner ein ruhiges Plätzchen zwischen den alten Kastanien der Eingangsallee erwählt. Dort saß sie immer einmal wieder gerne auf der schlichten Holzbank, um die herum sich einige junge Kastanien wie ein buschiger Schutzwall entfaltet hatten.

Entlang der Allee schlurfte auf einmal ein müder hagerer Mann, der suchend um sich blickte. So entdeckte er auch Gisela auf ihrer versteckten Bank, blieb stehen und fragte: „Stört es sie, wenn ich mich einen Moment neben sie setze, während sie ihr Kind stillen? Für mich ist das nichts Neues, ich habe selbst vier Kinder, weiß aber nicht, was mit meiner Familie ist, und wo ich sie finde." Seinem pommerschen Akzent und dieser Äußerung entnahm sie sofort, das musste Siegfried von Ehwitz sein, Franziskas Vater.

„Ja, bitte, setzen sie sich ruhig neben mich, Herr von Ehwitz. Henner ist sowieso gleich satt, er schläft gerade ein. Dann können wir in Ruhe miteinander sprechen." „Woher wissen Sie meinen Namen? Ich habe mich doch noch gar nicht vorgestellt." „Ach, das war nicht schwer zu erraten. Wir sind beide aus Pommern, hier wohnen

Verwandte von ihnen, ihre genannte Kinderzahl stimmt, und dass Franziska starke Ähnlichkeit mit ihnen hat, sehe ich auch. Aber zuerst einmal: ich heiße Gisela Rennhack. Und ich denke, es ist besser, ich berichte ihnen hier und jetzt über das Schicksal ihrer Familie." Siegfried von Ehwitz nickte angespannt, nach dieser Einleitung schwante ihm nichts Gutes.

Gisela berichtete ihm nun so behutsam, wie sie nur konnte, was alles ihr von den Ereignissen im Ulmenhof bekannt war. Und das war viel, weil Franzi ihr immer wieder davon erzählte. Dann schilderte sie die gemeinsame Flucht, die letzten Monate im Kastanienhof und zum Schluss Einiges aus Franzis derzeitigem Leben. Sie verschwieg auch nicht, wie intensiv das Kind bereits in ihre Familie hinein gewachsen war. „Sie sagt schon manchmal ‚Mutti' zu mir, wie meine Kinder Ute und Gerhard. Ich denke nicht, dass ich damit der Erinnerung an ihre Frau etwas wegnehme. Ich denke eher, die Franzi braucht dies." „Das glaube ich auch. Und wo wir jetzt gewissermaßen gemeinsam die Eltern meiner Tochter sind, sollten wir uns nicht mehr mit dem steifen ‚Sie' anreden. Ich bin der Siegfried, aber meine Familie, mein Großvater ausgenommen, nannte mich immer ‚Siggi'."

„Damit bin ich gerne einverstanden, Siggi. Ich heiße Gisela. Und ich bin, wie du mit Franziska, mit meinen

Kindern alleine übrig, meinen Mann gibt's auch nicht mehr." „Nun lass uns ins Gutshaus gehen. Die werden dich schon vermissen, oder bleibst du oft so lange?" „Nein. Also komm mit." Als sie im Flur des Gutshofes angekommen waren, kam Franziska gerade aus der Küchentür. Sie erkannte ihren Vater sofort, obwohl er sich durch Hunger und Strapazen gewaltig verändert hatte. Schluchzend lief sie ihm in die Arme. Annemarie, die hinter Franzi hergekommen war, konnte es kaum fassen, ihren Schwager leibhaftig vor sich stehen zu sehen. In diesem Augenblick klingelte das seit wenigen Tagen wieder intakte Telefon. Als Annemarie abnahm, kam die Stimme des Fräuleins vom Amt: „Ich verbinde sie. Es wird etwas dauern, bitte nicht auflegen."

Nach allerlei Knatter- und Quietschgeräuschen kam plötzlich klar und störungsfrei die Stimme ihres Mannes Bruno: „Annemarie, bist du das?" „Ja! Bruno!!" „Morgen Nachmittag werden dein Vater und ich um 14 Uhr 42 am Bahnhof in Neubrandenburg sein. Könnt ihr uns irgendwie abholen? Dein Vater kann schlecht laufen. Er hat ein verletztes Bein. Mich hat es weniger störend erwischt. Mein Arm ist schon wieder voll gebrauchsfähig." „Ich hole euch ab. Ich freue mich ja so! Und denk dir nur, gerade ist Siggi hier eingetroffen." „Ach, schön. Na, dann bis mo..." und weg war die Verbindung. Das grenzte ja nun an ein Wunder, dass alle drei bislang vermissten Männer ab dem gleichen Tag nicht mehr vermisst werden mussten.

Während sich nun sowohl Großmutter Friederike als auch Annemarie erst einmal in ihre Freude zu finden und einige Vorbereitungen für die Wiederkehr ihrer Männer zu erledigen hatten, war es ein Glück, dass sich Gisela weiterhin des erschöpften Siggi annehmen konnte. Friederike hatte ihr gesagt, dass die beiden ungenutzten Zimmer im längeren Flur im Obergeschoss, den die Rennhacks und Franzi bewohnten, ehemals als Gästezimmer genutzt worden seien und im Prinzip jederzeit bewohnbar. Da noch etwas Zeit bis zum üblichen gemeinsamen Abendessen blieb, führte Franzi ihren Vater zu diesen Zimmern und strahlte: „Großmutter sagt, du sollst dir eins aussuchen." Als er erfuhr, Franzis Schlafkammer, die sie mit der kleinen Ute teilte, sei neben einem der Zimmer gelegen, wählte er natürlich dieses aus.

Beim folgenden Abendessen gab es allerlei zu erzählen. Siggi berichtete, dass er von den britischen Besatzern aus einem provisorischen Gefangenenlager irgendwo in der Lüneburger Heide entlassen worden sei, weil man das ganze Lager mangels Wachpersonal aufgelöst habe. Fast vierhundert Gefangene seien dadurch nach Hause oder zu Verwandten in Bewegung gesetzt worden.

Annemarie erzählte von der Ankunft der beiden Breaken, von Jochens Leistungen als Kutscher, von der Freundschaft mit Agnes und Gisela und von den wundersamen Ereignissen rund um den „bösen Feind" Alexander Kalwelaschwili. Dabei kam ihr die Idee, ihre Freundin und Cousine Agnes nun einmal anzurufen und dieser zu berichten, dass ihr Vater, ihr Mann und ihr Schwager ab morgen alle als Entlassene im Kastanienhof leben würden. Es wurde schließlich fast Mitternacht, bis alle Kinder und Erwachsenen nach und nach zum Schlafen kamen.

Am nächsten Morgen rief Annemarie dann tatsächlich in Berlin an und berichtete Agnes von den bewegenden Ereignissen des gestrigen Tages. Dann holte sie unter Mithilfe ihres Schwagers und der tüchtigen Herta Fischer die Break aus der Scheune. Nach dem Mittagessen wurden schließlich die Pferde angespannt und sie und Siegfried fuhren zum Bahnhof, um die Ankömmlinge heim zu holen. Für Siegfried war es ein seltsames Gefühl, auf der eigenen Kutsche mit seinen eigenen Pferden weit weg von seiner Heimat die Zügel zu führen. Die hatte er als Kind von Jochens Großvater perfekt handhaben gelernt. Und der schmerzliche Verlust seiner fast vollständigen Familie bekam so eine hilfreiche Erinnerungsbrücke.

Als dann sein jüngerer Bruder, dessen Schwiegervater und zwei weitere Soldaten dem Zug entstiegen, war er über deren erbärmlichen Zustand mehr entsetzt als Annemarie. Die war durch ihn auf alles gefasst. Er selbst aber wusste wohl gar nicht, wie er sich verändert hatte. Wollte es wahrscheinlich auch gar nicht wissen.

Nun hatte Annemarie drei traumatisierte Männer auf der Break, Siegfried immerhin als Kutscher sinnvoll beschäftigt. Ihr Vater saß neben diesem auf dem Kutschbock, auf den die jüngeren Männer ihn seines lädierten Beines wegen hinaufgehoben hatten, und Annemarie saß hinten ihrem Mann gegenüber und ließ sich von diesem betrachten, als hätte er sie noch nie gesehen. Als die Kutsche in die Kastanienallee einbog, liefen Annemaries Vater die dicken Tränen übers Gesicht.

Der Schutz und die Pläne

Auch an diesem Abend war es für die Erwachsenen spät geworden. Mit einer eigenartigen Scheu folgten Albrecht von Blücher und Bruno von Ehwitz ihren Frauen in die Schlafzimmer. Aber sowohl Friederike als auch ihre Tochter waren sich völlig klar darüber, dass ihre Männer nur ganz langsam wieder in ihr Leben würden zurückfinden können, und hatten sich - unabgesprochen und jede auf ihre Weise - Geduld verordnet. Das erwies sich in den ersten Tagen und Wochen als sehr hilfreich für die Männer.

Als am Samstagmorgen das gemeinsame Frühstück beendet war und viele Berichte ausgetauscht werden konnten, blieben alle Sorgen um die Zukunft erst einmal außen vor. Plötzlich brummte der schwere Maybach in den Hof. Agnes und Alex waren mit den Kindern von Berlin herbei gekommen, die Heimkehrer zu begrüßen. Sehr schnell wurde aber klar, dass Alex etwas ganz Anderes erledigen wollte, das ihn mit seiner Familie so unerwartet schnell an die Seenplatte hatte reisen lassen.

Nachdem ein erstes Kennenlernen erledigt war, ging er mit den drei Freiherren in das Herrenzimmer des Kastanienhofes und eröffnete ihnen, dass die Rote Armee sehr viele der aus der Gefangenschaft anderer Alliierter Entlassenen nicht verabredungsgemäß in

Freiheit, sondern als Kriegsverbrecher nun ihrerseits gefangen nehmen und aburteilen lassen wolle. Mehrere Jahre Sowjethaft, vermutlich in Arbeitslagern in Sibirien, dürften die Folge sein.

Schließlich nahm er drei Formblätter und Kopien mit sowohl kyrillischen als auch mitteleuropäischen Schriftzeichen aus einem mitgebrachten Ordner. „Gebt mir die britischen und französischen Entlassungsbögen. Ich werde eure Daten hier hinein übernehmen. Gestempelt und vom zuständigen Offizier unterzeichnet sind sie. Dann kann euch keiner mehr anklagen, ihr seid offiziell sowjetisch reingewaschen und vor einer erneuten Gefangennahme wirksam geschützt." Alex schaute in die Runde. „Schlimm ist nur, ich kann nicht jedem Betroffenen helfen. Ihr seid aber meine deutsche Familie, da ist mir das selbstverständlich." Er lachte. „Und meine liebe Frau würde mir im anderen Falle das Leben schwer machen." Die drei frisch Entlassenen wussten kaum, wie ihnen geschah - und nahmen zugleich entsetzt zur Kenntnis, was da wohl von sowjetischer Seite geplant war.

Agnes hatte inzwischen aus dem geräumigen Kofferraum zwei große Kochtöpfe herausgeholt. Sie hatte zum Mittagessen vorgesorgt und ihre neu erworbenen Kenntnisse in der georgischen Kochkunst mit einer Riesenportion Borschtsch umgesetzt. Die

Heimkehrer mussten nun noch einmal von ihren Erlebnissen der letzten Kriegsmonate berichten. Dass Großvater Albrecht und Vater Bruno dann schließlich im selben Lazarett im Saarland gelandet waren, das bis Ende April von den deutschen und danach von den französischen Truppen geführt wurde, war schon ein seltsamer Zufall.

Der sowjetische Offizier Alexander Kalwelaschwili machte sich um die Zukunft aller Bewohner des Kastanienhofes bereits erheblich mehr Gedanken als diese selbst. So bat er die Erwachsenen nach dem kräftigen Mittagessen noch einmal ohne die Kinder an der großen Gemeinschaftstafel zusammen, um diese Frage nun sorgfältig zu besprechen. „Fangen wir mit den wirklich Heimatlosen an. Ursula Groß aus Stettin, die jetzt in dem Teil des Hauses wohnt, den ich mit Agnes und den Kindern hatte nutzen dürfen, wurde einen Tag später hier hinein gesetzt, als wir nach Berlin gezogen waren. Hast du, Ursula, noch ein anderes Ziel?" „Nein. Meine Verwandten sind in und um Danzig verschollen. Wenn ich hier bleiben könnte ..."

Die gleiche Frage stellte er nun Gisela. Für die antwortete Großmutter Friederike: „Die muss jedenfalls hier bleiben. Franzi braucht sie, und wir irgendwie auch. Und auch dich, Ursula, schicken wir nicht weg. Was wir brauchen, ist wieder ein Einkommen für uns alle. Die

Selbstversorgung klappt schon ganz gut, Wintervorräte konnten wir mehr als genügend schaffen, aber unsere Landwirtschaft liegt ziemlich darnieder, es gibt kaum Absatz, und unsere früheren Arbeitskräfte sind nicht mehr am Leben." Gisela war völlig sprachlos. Die planvolle Großmutter hatte sie bereits in ihre Pläne einbezogen. Und dass vorerst auch noch die Aufgabe dazu gekommen war, Franzis Vater ein Wenig bei der Rückkehr in das zivile Leben zu begleiten, hatte Friederike wohl stillschweigend eingerechnet.

Für die drei zurückgekehrten Männer bot die ganze Fragestellung eine erhebliche Überforderung. Albrecht und Bruno hatten keine Vorstellung, ob sich unter sowjetischer Herrschaft das Gut als landwirtschaftlicher Betrieb betreiben lasse. Alex gab dazu die Auskunft, von sowjetischer Seite werde sicherlich auf Dauer eine Zusammenführung kleinerer Bauernbetriebe zu „Kolchosen" verlangt werden. Das käme dann einer Enteignung gleich. Deshalb schlug er vor: „Tut euch jetzt schon, wo noch keiner etwas unternimmt, mit allen Bauern im Dorf zu einer Genossenschaft zusammen.

Baut einige Scheunen bei eurem Gutshof an und bewirtschaftet alles gemeinsam. Wie ich weiß, hat Bruno eine richtige Ausbildung als Landwirt. Der könnte dann den Geschäftsführer machen. Und Albrecht müsste mit den Frauen, die nicht auf die Felder gehen, den Einkauf und vor allem den Vertrieb betreiben. Und du, Siegfried, bist ausgebildeter Förster?" „Richtig. Unser Wald war ja unsere Einnahmequelle im Ulmenhof. Ich bleibe vorerst hier und helfe beim Aufbau der Genossenschaft. Sobald ich aber wieder richtig auf dem Damm bin, möchte ich in die Lüneburger Heide übersiedeln. Mein Major ist dort Forstrat für einen riesigen Staatswald und hätte mich gerne als Forstmann."

Gisela Rennhack hatte sich mit keiner Silbe zu all diesen Plänen geäußert. Sie war dankbar dafür, dass Friederike sie so ohne Umschweife in das Familienleben des Gutshauses einbezog. Und im Stillen dachte sie, als Siegfried seinen Plan kund tat, in die Heide zu wandern: „Und du kannst dich fest darauf verlassen, dass ich mit dir, Franzi und meinen Kindern dorthin ziehen werde. Du brauchst noch Zeit, aber du wirst bald begreifen, was du an mir hast." Als sie diesen Gedanken zu Ende gedacht hatte, wurde ihr jählings klar, dass sie sich schon auf der Bank zwischen den Kastanien in diesen Mann verliebt hatte. „Langsam, Gisela, ganz langsam!" rief sie sich nun innerlich zur Ordnung.

Anfänge

Für die Bauersfamilien im Dorf, ganze zwölf an der Zahl, war Albrecht von Blücher der „Herr". Weil die Herrschaft im Gutshof immer anständig und freundschaftlich mit diesen Familien umgegangen war, gab es auch nicht die üblichen Neid- oder anderen Ablehnungserscheinungen. Fünf der Hofeigentümer waren im Krieg geblieben, fünf waren entweder schon wieder zurück oder aufgrund ihres Alters vom Wehrdienst verschont und ohne geregelte Nachfolge. Zwei der Bauersfrauen wussten überhaupt nichts über den Verbleib ihrer Männer. So waren es sehr unterschiedliche Ansprechpartner, mit denen es die Gutsbesitzer zu tun hatten.

Um leichter mit den Frauen verhandeln zu können, baten Albrecht und Bruno ihre Ehefrauen um Unterstützung. Und tatsächlich, diese Taktik zahlte sich aus. Zuerst sprachen die Leute vom Gutshof mit jeder Familie einzeln. Dann luden sie alle Verantwortlichen gemeinsam ins Hinterzimmer des Dorfkruges und legten einen Entwurf eines Genossenschaftsvertrages vor, den ein Rechtsanwalt aus Neubrandenburg, ein alter Freund der Familie von Blücher, formuliert hatte. Er hatte es sogar geschafft, für den Fall der Rückkehr der vermissten Hofeigentümer einen Zustimmungsvorbehalt für diese beiden Männer einzuarbeiten. Niemand sollte übervorteilt werden.

Bruno und einer der Rückkehrer, der schon vor dem Krieg Bürgermeister gewesen und von den Nazis abgesetzt worden war, wurden gleichberechtigte Geschäftsführer, und Albrecht sowie eine der Witwen bekamen Kassenprokura. Siegfried erhielt den Sonderauftrag, in allen umliegenden Förstereien nachzufragen, ob es Bauholz gäbe und dieses fachmännisch zu beurteilen. Am Gutshof sollte im Stil der dortigen Gebäude angebaut werden. Der örtliche Zimmermeister war zwar noch im Lazarett, aber überraschender Weise schon aus sowjetischer Gefangenschaft entlassen. Sein alter Vater erarbeitete einen guten Entwurf. Die Aufbruchstimmung aller brachte erhebliche Kräfte zu Tage, und die drei Heimkehrer aus dem Gutshaus verloren ganz bald ihr heruntergekommenes Aussehen. Annemarie wurde nach wenigen Wochen wieder schwanger.

Am Ostersonntag, dem 21. April 1946, kam dann die ganze Dorfgemeinschaft auf einem Brachfeld zwischen Dorf und Gutshof zusammen, um nun endlich nach dem Krieg wieder miteinander, nicht nach Nazimanier sondern wie in alten Zeiten, das Osterfeuer abzubrennen, für das die Jugendlichen des Dorfes allerlei Heckenschnitt zusammengebracht hatten. Da es noch keine wirklich zuverlässigen Quellen für alkoholische Getränke gab, hatte Friederike ihren Weinkeller geplündert und eine ansehnliche Menge

Flaschen Wein zur Verfügung gestellt. Der Dorfwirt und drei der älteren Männer waren eine eingespielte Kirchweihkapelle. Die Kinder tanzten munter miteinander. Und bald kamen dann auch langsam die Erwachsenen auf die Fläche, um sich nach den Klängen der Musik so zu bewegen, wie sie es schon lange nicht mehr getan hatten.

Siegfried, der mit seiner Christiane immer ein gutes Tanzpaar gebildet hatte, zögerte zuerst einige Zeit. Franzi stieß ihn an: „Los, Vati, Mutti Gisela hat keinen Tänzer. Geh hin und hol sie dir zum Tanzen." Und tatsächlich, er gab sich einen Ruck und ging zu dieser jungen Frau, zu der er inzwischen eine tiefe Zuneigung entwickelt hatte, die er selbst im Gegensatz zu seiner Tochter und Gisela noch gar nicht hatte wahr haben wollen. Tanzen löst Blockaden. Gisela spürte, wie Siggi langsam immer weicher wurde und sie schließlich völlig offen für alles, was da kommen könnte, fest im Arm hatte. Franzi setzte sich kurz zu Friederike. „Großmutter, heute Nacht passiert es. Ute, Gerhard, Henner und ich bekommen gemeinsame Eltern." Friederike nickte, sie wusste inzwischen, wie sicher die neunjährige Franzi Beziehungen begriff.

Nach Mitternacht brachten dann alle Eltern ihre Kinder nach Hause und in ihre Betten. Die schliefen sogleich alle wie die Murmeltiere. Bruno und Siegfried trafen sich zuletzt noch mit drei weiteren jungen Männern, um die Glut zusammen zu schieben. Als Siegfried sich dann in seiner Stube zum Schlafen herrichtete, hatte er plötzlich das Gefühl, nicht alleine zu sein. Und er hatte recht. Aus seinem großen Bett erklang plötzlich Giselas Stimme: „Nun komm schon, sonst wird dir noch kalt." Das wurde es dann natürlich nicht, sondern gewaltig heiß. Und beide flüsterten schließlich wie aus einem Mund: „Endlich!" Als der Morgen graute, hatte Gisela ihr Ziel erreicht und Siegfried alle Anspannungen der letzten Monate verloren.

Als es Zeit wurde, zum Frühstück aufzustehen, nahm Franzi die kleine Ute an der Hand und flüsterte: „Komm, ich will dir was Schönes zeigen." „Noch mehr Ostereier?" „Nein, viel besser." Zuerst öffnete sie ganz behutsam die Tür zu Giselas Schlafkammer. Das Bett war unberührt. „Wo ist unsere Mutti?" Ute war den Tränen nah. „Komm mit. Ich weiß, wo sie ist." Sie schlichen zu Siegfrieds Schlafzimmer, und auch hier machte das Öffnen der Tür kein Geräusch. Mit runden Augen sah Ute ihre schlafende Mutti in den Armen von Franzis ebenfalls schlafendem Vater, den sie ja auch schon immer „Vati" genannt hatte. Sie strahlte Franziska an: „Das ist wirklich viel, viel schöner als noch mehr Ostereier!" Das kam aber so laut, dass Gisela wach wurde, und gleich darauf auch Siegfried. Der fragte: „Na, ihr Beiden, was sagt ihr jetzt?" Altklug meinte die kleine Ute: „Wir haben jetzt ein Elternpaar."

Die beiden Mädchen halfen nun dem in seinem Schlafkämmerchen herumspielenden Gerhard beim Anziehen und gingen mit ihm hinunter zum Frühstück. Gisela musste ja noch, nachdem sie sich angekleidet hatte, den kleinen Henner versorgen und stillen. Siegfried blieb gerne dabei. Die Kinder hatten verabredet, die neue Lage unten nicht zu verraten. Als dann aber Großvater Albrecht fragte: „Wo bleiben denn die Erwachsenen?", konnte sich Franzi doch ein bedeutungsschwangeres „Tja!" nicht verkneifen. Die Erwachsenen am Frühstückstisch waren sich aber ohnehin darüber im Klaren, was da oben heute Nacht geschehen war. Die Vorgänge am Osterfeuer waren aufschlussreich genug gewesen.

Als dann Gisela und Siegfried schließlich auch zur Frühstücksgesellschaft stießen, konnte sich Bruno nicht verkneifen, Gisela scherzhaft mit dem Zeigefinger zu drohen: „Na, Frau Pfarrer, wo ist denn die Moral geblieben?" Die konterte schlagfertig: „Was ist moralischer als die Liebe?" Und Siegfried ergänzte: „Das mit der Frau Pfarrer Rennhack ist nun traurige Vergangenheit, die glückliche Zukunft heißt wohl Frau von Ehwitz." „Du hast es aber eilig mit den Entscheidungen, lieber Bruder." „Klar doch, wir haben schon so viel Zeit versäumt." Gisela strahlte und meinte: „Das ist zwar eine seltsame Form von Heiratsantrag, aber als braves Mädchen will ich nicht widersprechen." Nach einem herzhaften Kuss und fröhlichem Beifall aller am Tisch wurde das dann noch ein ausgiebiges und munteres Verlobungsfrühstück.

Zu neuen Ufern

Mit verblüffender Zielsicherheit begannen Gisela und Siegfried nun mit der Zukunftsplanung. Noch vor Pfingsten wollten sie heiraten, der armen Zeit geschuldet ganz ohne aufwändige Feier. Inzwischen wollte sich Siegfried telefonisch bei seinem ehemaligen Major, dem Grafen Ludwig von Wulffen, erkundigen, ob der noch zu seinem Angebot stehe, ihn in den von ihm verwalteten Wäldern im Wendland als Förster anzustellen. Der Graf hatte in den Dreißigern als Forstrat den Staatsforst Göhrde im Wendland verwaltet. Nun war er wieder verantwortlich und benötigte dringend mindestens einen Revierförster.

„Ehwitz, je eher sie kommen, desto besser. Wie haben sie denn ihre Familie gefunden?" „Fast ausgerottet durch die Sowjets, nur meine älteste Tochter hat das Inferno in Pommern überlebt. Sie war in der Familie meines Bruders bei Neubrandenburg. Hier bin ich im Moment noch, habe mich mit einer Kriegerwitwe mit drei Kindern zusammengetan, die ich in wenigen Wochen heiraten werde. Danach können wir kommen. Deshalb die Frage: Haben sie die Möglichkeit, uns eine Wohnung für uns und mindestens vier Kinder - wer weiß, was dann noch kommt - zu bieten?" „Ehwitz, das schöne Fachwerkforsthaus steht völlig leer. Die Briten haben es wohl nicht gefunden, obwohl es gar nicht weit weg ist von unserem Gutshof. Einige Nebengebäude sind dabei." „Das ist hervorragend, wir kommen nämlich mit unserer Kutsche, einer Break, und zwei Pferden."

Angesichts der zahlreichen Kinder im Gutshof und im Dorf wurde die Hochzeit trotz aller Bescheidenheit auf besondere Weise ein großes Fest. Annemarie hatte Lieder mit der Kinderschar eingeübt und Ursula sogar ein kleines Theaterstück. Inzwischen war der junge Zimmermeister Alfred Zander wieder ins Dorf zurückgekehrt. Er werkelte emsig mit der Hilfe aller, die sich das zutrauten, an der neuen großen Halle. Natürlich war auch er wie alle anderen Dorfbewohner zur Hochzeitsfeier geladen. Und da entwickelte sich bereits die nächste Romanze. Er mühte sich mit deutlich sichtbarem Erfolg um Ursula, die nur zwei Jahre älter war als er. Der Nachkriegshunger nach Liebe.

Gisela und Siegfried waren nun bereit, mit ihren vier Kindern die Reise in ihr neues Leben anzutreten. Alex hatte für die notwendigen Reisepapiere zum Übertritt in die britisch besetzte Zone und auch genügend Lebensmittelkarten gesorgt. Siegfried verlud die bescheidenen Besitztümer unter die Bänke der Break. Gisela sorgte, so gut es möglich war, für Schutzkleidung vor Regen. Wie sie unterwegs würden Quartier finden können, war ihnen ziemlich unklar, aber jeweils vor Ort würden sich sicherlich Lösungen ergeben.

Gisela hatte plötzlich den Gedanken, man könne ja noch versuchen, den alten Fluchtkameraden Kurt Baer zu finden. Sie hatte sich den Namen und die Anschrift seiner Enkelin Mechthild Wessels zur Sicherheit aufgeschrieben, weil sie ja nicht hatte wissen können, ob sie würde im Kastanienhof bleiben dürfen. Als sie die Telefonnummer von der Auskunft erbeten hatte, ließ sie sich dorthin verbinden. Offensichtlich war der Alte allein im Haus, er war direkt am Apparat. So konnte sie die erste Übernachtungsstation vereinbaren. Kurt meinte, das sei überhaupt kein Problem. Der Hof seiner Enkelin und ihres schon heimgekehrten Mannes sei wahrhaft groß genug.

Am 10. Juni, dem Pfingstmontag, machte Siegfried sich dann nach erheblich tränenreichem Abschied vom gastfreundlichen Kastanienhof mit seiner neuen Familie auf die weite Reise. Castor und Pollux waren in bestem Zustand, so stand einem flotten Vorankommen nichts im Wege. Die erste Etappe war etwa fünfzig Kilometer weit. Der Hof der Familie Wessels lag an einer schmalen Straße etwas außerhalb der kleinen Ortschaft Torgelow am See, wenige Kilometer vor Waren an der Müritz. Fast alle Bäume um diesen herum waren Linden. Sie wurden freundlich aufgenommen, und Kurt freute sich herzlich darüber, Gisela und die Kinder wieder zu sehen. Besonders schön fand er, dass Franzis Vater nicht nur den Krieg überlebt hatte sondern nun nicht nur für diese sondern auch für Giselas Familie die Vaterpflichten übernommen hatte.

Die nächste Etappe führte durch Robel nach Meyenburg, wo sich an einem kleinen Sträßchen Richtung Frehne eine offene und fast leere Feldscheune fand, in die Siegfried die Break mutig hinein lenkte. Im Schutz dieses alten Gebäudes fanden alle eine ruhige und erholsame Nachtruhe. Am dritten Tag erreichten sie dann über allerlei ziemlich holprige Straßen die Ortschaft Grabow, wo sie in einem kleinen Nebengebäude der Molkerei übernachten durften. Die Pferde blieben an der Kutsche in einem geschlossenen Hof. Am nächsten Tag schafften sie eine recht weite Strecke, weil die Straße sehr gut ausgebaut war. Kurz vor Lauenburg am Rand des Elbwaldes stand ein kleines Schild an einer Zufahrt zu einem Waldweg mit der Aufschrift „Forsthaus". Und tatsächlich erwiesen sich der Kollege und seine Familie gastfreundlich.

Die fünfte und letzte Etappe über die Elbbrücke mit den Zonengrenzkontrollen und bis an den Rand der Göhrde war dann kein Problem mehr. Siegfried ließ auch erstmals die Pferde häufiger traben, es war ja der letzte Tag Schwerarbeit für die beiden kräftigen Tiere. Graf von Wulffen hatte den Weg zum Gutshof und weiter zum Forsthaus so gut beschrieben, dass sie auch sofort dorthin fanden. Als sie in die Zufahrt zu ihrer neuen

Behausung einbogen, stand Franzi hinter ihren Eltern. „Schaut nur, was ist das für ein wunderschönes Haus. Und eine Girlande ist um die Haustür gewunden. Sogar ein Schild ‚HERZLICH WILLKOMMEN' hängt über der Tür" jubelte sie, und Gisela kamen Tränen vor Glück.

Sie waren noch kaum alle miteinander von der Kutsche gestiegen und die beiden Kleinen heruntergehoben, da klapperten die Hufen eines Pferdes den Zuweg entlang, im Sattel eine Frau im besten Alter. Sie stellte sich als Karola Gräfin von Wulffen vor, begrüßte herzlich die müden Reisenden und übergab dann Siegfried einen schweren Schlüsselbund. Der öffnete nun die geschnitzte Haustür des Forsthauses. Nach den ersten Schritten ins Haus blieben Gisela und Siegfried staunend inmitten der Diele stehen. Sie hatten sich den ganzen Weg über Gedanken gemacht, wie sie wohl im Forsthaus ohne großen Aufwand zu ausreichend Möbeln würden kommen können. Die Antwort konnten sie nun sehen.

Das ganze Haus war offensichtlich eingerichtet, und nicht nur mit zusammen gewürfelten alten, sondern durchaus geschmackvollen Möbeln. Die Gräfin, die mit ins Haus gekommen war, erklärte nun, dass die früheren Förstersleute keine Nachkommen gehabt hätten und beide kurz hintereinander im vorletzten Kriegsjahr verstorben seien. Nun sei eben alles noch so, wie zu dieser Zeit. Und ihr Mann und sie hätten ja gewusst, dass die große neue Förstersfamilie auf ihrer Kutsche wohl kaum auch nur ein Möbelstück würde mitbringen können. So werde das nun alles von Ehwitzsches Eigentum.

„Ich reite nun wieder zurück. Sie haben das Wochenende vor sich, das Haus zu erobern und sich ein wenig einzugewöhnen. Am Sonntagnachmittag kommen sie dann bitte alle um vierzehn Uhr zu uns ins Gutshaus, dann gibt's einen ordentlichen Willkommenskuchen. Mein Mann wird vermutlich schon morgen irgendwann vorbei schauen. Jetzt ist er noch im Forst unterwegs." Als das Pferdegetrappel verklungen war, ging nun die ganze Familie, Henner auf Giselas Arm, durch das ganze Haus. Gerührt erkannten sie, dass erstens alle Räume frisch gereinigt und die Fenster geputzt waren. Zweitens hatten offensichtlich fleißige Hände die Einrichtung so gestaltet, dass auch für die Kinder je ein eigenes Zimmerchen geschaffen war, für Henner gar mit einem Gitterbettchen. Und drittens waren alle Betten frisch bezogen.

Für Gisela war das alles schließlich doch zu viel des Guten. Glück und Erschöpfung bahnten sich ihren Weg, und die hellen Tränen liefen ihr über ihr hübsches Gesicht. Franzi und Ute holten nun die restlichen Vorräte aus der Break, während Siegfried die Pferde ausspannte und sie dann im geräumigen Pferdestall unterbrachte. Selbst dort war Vorsorge getroffen, die Raufen waren mit duftendem Heu gefüllt, die Böden sauber und mit frischem Stroh eingestreut, und in jeder Box hing ein kleiner Eimer mit Hafer.

Gisela hatte nun den kleinen Mann gestillt, stellte aber fest, dass dies wohl bald das letzte Mal gewesen war. Also hätte sie ihm, zum ersten Mal, ein Fläschchen bereiten müssen. Woher aber Milch nehmen? Und wie Wärme bekommen? Doch auch daran hatten die guten Helfer gedacht. In der Küche fanden sich ein zündfertig vorbereiteter Herd, der im Handumdrehen ordentlich die Platte heizte, sowie einige Vorräte einschließlich eines Kännchens frischer Milch.

Beruf und Familie

Der Besuch des Grafen am folgenden Tag galt natürlich den Absprachen über die Aufgaben seines neuen Forstbeamten. Außerdem hatte er verschiedene Dokumente mit, in die er einige Einzelheiten und Daten Siegfrieds nachzutragen hatte. Schließlich überreichte er diesem eine originelle Urkunde. Diese enthielt seine Einstellungsverfügung als Staatsbeamter auf Probe, was Siegfried sehr verwunderte, gab es doch eigentlich derzeit gar keinen rechtsgültigen Staat, sondern lediglich Verwaltungen unter dem Dach der Besatzungsmächte. Auffällig war aber, dass der Urkunde die obere rechte Ecke fehlte. Da hatte man wohl das Hakenkreuz weggeschnitten. Alles öffentliche Handeln war einerseits eine Fortsetzung des Vorherigen, andererseits getragen von der Hoffnung auf einen gründlichen Neuanfang.

So blieben dem Familienvater nur noch wenige Stunden bis zum Einstieg in eine feste und zukunftsträchtige Beschäftigung. Deshalb verbrachten er, Gisela und die praktische Franziska ihr Wochenende im Wesentlichen damit, ihr neues Nest kennen zu lernen und sich soweit einzurichten, dass Gisela ein ordentliches Hauswesen würde aufbauen können. In der großen Diele fand sich ein funktionsfähiges Telefon, der Forstmann musste ja jederzeit erreichbar sein. So konnte Siggi immerhin seinen Bruder davon in Kenntnis setzen, dass er mit seiner Familie gut angekommen sei und eine überraschend perfekt ausgestattete Wohnung vorgefunden habe. Gisela nutzte den Fernsprecher dann am Montag früh, um in den zuständigen Behörden zu erfahren, was sie und ihr Mann zu tun hätten, um sich und ihre Familie polizeilich anzumelden, Franziska in einer passenden Schule unterzubringen und sich mit Lebensmittelkarten versorgen zu können. Die aus der SBZ waren ja nun wertlos.

Da galt es nun einige Wege zu bewältigen, vom abgelegenen Forsthaus teilweise recht weite. Beim Begrüßungskaffee und -kuchen im Gutshaus hatte die Gräfin ihr den Hinweis gegeben, in einem der Räume des Nebengebäudes der Försterei stünden zwei ordentliche Fahrräder, die sogar frisch von ihrer tüchtigen Hauswirtschafterin Jutta Krüger aufgepumpte Reifen besäßen. Diese Frau hatte auch mit dem flinken Hausmädchen zusammen das Forsthaus so hervorragend hergerichtet. Also überließ Gisela der zuverlässigen Franzi die Aufsicht über die kleineren Kinder und erledigte mit Hilfe des Damenfahrrades die wichtigsten Dinge.

Franzi hatte in Neubrandenburg nach den Osterferien das Gymnasium besucht. Das sollte nun auch in der neuen Heimat so werden. Wie aber sollte das Kind täglich nach Lüneburg und zurück kommen? Gisela war aufgefallen, dass der jüngste Grafensohn etwa in Franzis Alter war. Also lag es nah, diese Frage mit der Gräfin zu besprechen. So hielt sie ihr Fahrrad auf dem Rückweg am Gutshof an. Die Gräfin lachte bei Giselas Frage und meinte: „Wir hatten zuerst den Plan, unseren Heiner wie seine beiden erheblich älteren Brüder in ein Internat zu geben, haben aber gesehen, dass diese Schulen den Schülern ein unerfreuliches Elitebewusstsein vermitteln. So haben wir für Heiner zusammen mit einem Jungen aus dem Dorf eine kleine Fahrgemeinschaft geschaffen.

Unser Pferdemeister Hermann Krüger, der Ehemann unserer Wirtschafterin, fährt die Beiden seit den Osterferien täglich mit unserem Adler, den wir vor dem Zugriff der Wehrmacht haben retten können, nach Lüneburg und holt sie nachmittags wieder ab. Bis es wieder intakte Buslinien gibt, die aktuell in Vorbereitung sind, ist das eine gute Lösung. Da kann Franziska ohne Weiteres mitfahren. Und sie zur Anmeldung morgen früh auch, die drei Kinder haben auf der Rückbank Platz genug." Wieder gab es ein Problem weniger. „Ach so", die Gräfin lächelte, „Ute, Gerhard und der Henner müssen ja betreut werden. Das kann morgen früh unser Hausmädchen machen, auf die ist in jeder Hinsicht Verlass."

Alle die organisatorischen Dinge ließen sich mit der Unterstützung des Grafenhauses gut erledigen. So gingen die ersten Wochen schnell vorüber, und Franziska hatte schon wieder Sommerferien. In der Schule hatte sie sich schnell zurechtgefunden. Im Stoff war sie ihren Klassenkameraden in manchen Fächern sogar voraus, die sorgfältige Schulpolitik des Alexander Kalwelaschwili zahlte sich aus. Siegfried und Gisela hatten inzwischen die notwendigen Schritte eingeleitet, gegenseitig ihre Kinder zu adoptieren. In den Ferien gab es dann den entscheidenden Notartermin in Dannenberg. Nach entsprechender gerichtlicher Genehmigung hieß nun die ganze Familie von Ehwitz. Und ein fünftes Kind dieses Namens hatte sich auch angekündigt.

Wenige Tage vor Weihnachten wurde Siegfried dann Beamter auf Lebenszeit. Er behauptete, Gisela müsse eigentlich immer schwanger bleiben, so attraktiv, wie sie mit ihrem kräftig wachsenden Bauch aussehe. Er gestand ihr ein, auch bei seiner ersten Frau Christiane habe er jede Schwangerschaft ganz besonders genossen. Am 25. März 1947 wurde dann eine kleine Christiane - Gisela wollte diesen Namen auf jeden Fall haben - gesund und kräftig geboren. Und Ute wurde nach den Osterferien ein fröhliches Grundschulkind.

Werden und Wachsen

Franziska war von Anfang an eine sehr gute Schülerin. Sogar in Mathematik, welches Fach sie nicht besonders liebte, schaffte sie es immer, mindestens befriedigende Leistungen abzuliefern. Ihre große Stärke waren aber die Fremdsprachen. Sowohl von Anfang an Englisch als dann ab zwei Jahren später Latein wie schließlich auch Französisch fielen ihr leicht. Sie hatte ein beneidenswertes Gedächtnis für Vokabeln und begriff ungewöhnlich schnell die jeweiligen grammatikalischen Besonderheiten. Sie verstand, dass die alte lateinische Sprache letztlich die Mutter der von ihr geliebten französischen Sprache war. So stand es gegen Ende der Untersekunda, der zehnten Klasse, fest, dass sie das Abitur ablegen wollte.

Ihre Schwester Ute ging zwar nach der Grundschule auch zum Gymnasium, war aber mit weniger Begeisterung bei der Sache. Für sie waren alle Sportarten und musischen Fächer die große Herausforderung. Gräfin Karola erkannte ihr Talent und bot ihren Eltern an, der Kleinen Reitunterricht zu geben. Gisela war glücklich, damit das Richtige für den Ehrgeiz ihrer Tochter gefunden zu haben.

Als Franziska in der gymnasialen Oberstufe angekommen war, wurde sie immer wieder von älteren

Schülern angeflirtet. Sie war darüber recht verwundert und fragte ihre Eltern, warum gerade ihr das immer wieder geschähe, sie wolle doch gar nichts von den Jungs. „Die aber vielleicht von dir?", meinte ihr Vater. „Du kannst dich schließlich sehen lassen. Du bist genauso hübsch wie einst deine Mutter Christiane. Also pass auf dich auf." Im Stillen dachte er, es wäre ganz gut, wenn sie nicht so schnell einem der Jünglinge zu Willen sei wie einst seine Christiane ihm.

Bereits ein Jahr vor ihrem Abitur hatte sich Franziska entschlossen, Dolmetscherin zu werden. Den Eltern gefiel dieser Plan sehr gut. Als sie einmal ihrer Schwester beim Reiten zusah, erzählte sie das beiläufig der Gräfin. Einige Tage später sprach der Graf seinen inzwischen zum Oberförster aufgestiegenen Stellvertreter Siegfried von Ehwitz, mit dem er längst per „Du" war, darauf an. „Siggi, wenn die Franzi Dolmetscherin werden will, kann sie doch die Ausbildung für unsere Braunschweiger Behörde ‚Niedersächsische Landesforsten' auf deren Kosten in Hildesheim machen. Sie wäre dann die dritte Behördenstipendiatin, in der Behörde sucht man doch händeringend Brückenschläger zu den Briten und den Kanadiern. Vor allem zu denen, weil die viel von Forstwirtschaft verstehen."

Mit höchstgräflicher Empfehlung bewarb sich Franzi nun um ein solches Stipendium der Landesforsten und wurde sofort angenommen, nachdem sie sich in Braunschweig einem verantwortlichen Trio würdiger Herren - zwei älteren in grünen Jacken, einem erheblich jüngeren in fremder Uniform - vorgestellt hatte. Der Herr in Uniform entpuppte sich als kanadischer Offizier, der wohl wie viele Menschen in diesem Riesenland zweisprachig aufgewachsen war und mit ihr Gespräche sowohl in Englisch als auch in Französisch führte. Das hatte wunderbar geklappt. Im Mai 1955 begann sie dann ihre Ausbildung in Hildesheim. Eine nette Wohnung im Haus einer jungen Arbeiterfamilie hatte sie über eine Anzeige am schwarzen Brett der Dolmetscherfachschaft gefunden.

Ute zeigte sich im Lüneburger Gymnasium weniger spröde als ihre große Schwester. Gisela seufzte: „Ganz die Tochter ihrer Mutter." Siggi war verwundert. „Also nicht nur meine Christiane sondern auch meine Gisela war als junges Mädchen reichlich kokett?" Seine Frau musste da doch herzlich lachen. „Rechne mal nach, wie alt ich war, als ich meinem Johannes das erste Kind geboren habe. Ute ist jetzt fünfzehn und ich bin ... na, erinnerst du dich?" „Ja, natürlich. Dreiunddreißig." „Johannes war zwölf Jahre älter als ich, er hatte mich schließlich schon konfirmiert. Und das Getratsche in seiner Gemeinde war gewaltig, als er die siebzehnjährige Tochter des Lehrers heiratete."

Immerhin ließ sich Ute auf nicht mehr ein als auf Händchenhalten und harmlose Schmusereien, wenn auch mit häufiger wechselnden Interessenten. Gerhard, der inzwischen auch zum Gymnasium ging, hielt seine Familie über diese Aktivitäten seiner großen Schwester stets sorgfältig auf dem Laufenden. Franziskas Laufbahn als Dolmetscherin begann schließlich in Braunschweig am 1. April 1958, im Februar war sie einundzwanzig Jahre alt geworden.

Das Gestüt

Als fertiger Landwirt wurde Jochen nun auch in alle Geschäftsführungsfragen des Pferdehofes eingeführt. Rudolf und Klaus wollten die beiden Betriebe wirtschaftlich vollständig voneinander trennen. Jürgen, Rechtsreferendar in einem Anwaltsbüro in Nienburg, wurde gebeten, deshalb einen rechtlich korrekten Auflösungsvertrag der alten Firma Schirmer zu verfassen. Das Ergebnis der ganzen Aktion war dann einerseits die „Spedition Schirmer", andererseits das „Gestüt Schirmer", außerdem die Gütertrennung von Rudolf und Pauline. Da Paulines Geburtsname in der Region einen guten Leumund hatte, behielten ihn beide Betriebe. Obwohl Jochen noch minderjährig war, hatte Jürgen einen Weg gefunden, ihn bereits zum Mitinhaber des Gestütes zu machen.

Die Zucht gestaltete sich angesichts des guten Bestandes an Zuchtpferden von Anfang an sehr gut, zumal Jochen zielsicher sowohl Stuten aus der eigenen Zucht behielt als auch neue Pferde dazu erwarb. Oft kam er ganz günstig zu späteren Spitzenpferden, weil er in Fohlen gute Anlagen erkannte, die andere Züchter nicht sahen. Brancos Nachzucht bekam bald einen guten Ruf weit über die Region hinaus. 1957 verkaufte Jochen das erste Fohlen nach Aachen.

Ein zweiter florierender Geschäftszweig wurde die Reitschule. Pauline bewältigte den Ansturm schließlich nicht mehr. Sie hatte aber Vorsorge getroffen und sich darum gekümmert, dass Jochens Schulfreund Peter, dessen Vater nicht wieder aus dem Krieg aufgetaucht und inzwischen für tot erklärt war, neben seiner Lehre in einer Autowerkstatt nicht nur bei ihr reiten lernte, sondern schließlich die Reitlehrerprüfung erfolgreich ablegen konnte. Nach seiner Gesellenprüfung hatten Jochen und sie den jungen Mann angestellt. Und er wurde von Monat zu Monat besser. Pauline hatte ihn richtig eingeschätzt.

Die beiden inzwischen gut zweiundzwanzigjährigen durchaus ansehnlichen und tüchtigen jungen Männer hatten eine deutliche Anziehungskraft für junge weibliche Reitschülerinnen. Pauline war dessen durchaus zufrieden, füllte das Gestüt Schirmer damit doch eine bisherige Marktlücke. Peters Mutter hatte inzwischen gemeinsam mit ihrer anfänglichen Vermieterin, der Lehrerin und Mutter von Franz, die leer stehenden Nebengebäude des Hofes ausbauen lassen, ihren Krankenschwesternberuf aufgegeben und eine gut ausgelastete Pension mit acht schönen Zimmern, einer Frühstücksstube und einer kleinen Hausbar in Gang gebracht. Die Reitschülerinnen von weiter her nutzten gerne diese Herberge, zumal Peter, Franz und auch oft Jochen abends mit ihnen zusammen saßen.

Franz, der Finanzbeamter geworden war, geriet als Erster an eine junge Dame, die ihm den Kopf verdrehte, ihre eigenen Lebensziele sehr schnell an seine anglich und bereits 1958 mit ihm verheiratet war. Peter war noch schneller und doch letztlich erheblich langsamer. Einige der jungen Damen ließen sich von ihm kurzzeitig, zuweilen auch nur einmal beglücken, sahen aber alle darin wie er selbst keine dauerhafte Verpflichtung. Besonders gern sah das seine Mutter nicht. Jochen verzog sich lieber aus den munteren Runden in der Bar nach Hause, wenn ihm eine der Reitschülerinnen zu nahe kam. Nach dem Tod der Großmutter Schirmer hatte er sich deren gemütliche Wohnung im Nebengebäude des großen Haupthauses zu einer behaglichen Junggesellenwohnung renoviert und eingerichtet. Er dachte gar nicht daran, irgendetwas an diesem Zustand zu ändern.

Pauline, Rudolf, Klaus und Jürgen mit ihren Frauen und schon gar seine kleine Schwester Ute konnten das kaum begreifen. Er hätte doch sprichwörtlich „an jedem Finger zehn" junge Frauen haben können. Ute hatte inzwischen ihre Mittlere Reife gut erreicht und bei ihrer Tante Luise Schirmer in Hannover, der Zahnärztin, eine Ausbildung zur Zahnarzthelferin begonnen. Die geregelten Arbeitszeiten machten es möglich, dass sie trotz der täglichen Fahrerei Zeit genug für ihr Training des Dressurreitens auf ihrem Stammpferd Dana hatte. Bei

Reitturnieren im Umland, sogar in Isernhagen, der Pferdestadt, und zum Schluss gar im hessischen Wiesbaden-Biebrich hatte sie manchmal silberne, zumeist aber goldene Medaillen mit ihrem tollen Pferd und ihrem lange geübten Können errungen.

Tante Luises Ältester war inzwischen selbst Zahnmediziner und mit in der Praxis tätig. Ein dritter etwa dreißigjähriger Zahnarzt, Doktor Hans-Joachim Scharschmitt, war schon zwei Jahre zuvor in die Praxis dazugekommen. Aufgrund ihres guten Rufes ernährte die Gemeinschaftspraxis alle drei Zahnärzte und alle Angestellten aufs Beste. Ute hatte Spaß an der Arbeit dort und machte sich bis zu ihrer Gehilfenprüfung regelrecht unentbehrlich. Hajo Scharschmitt mochte sie allmählich auch in seiner Freizeit nicht entbehren, war zu jedem Turnier mit dabei, übernahm irgendwann auch mit seinem starken Auto das Ziehen des Pferdeanhängers und wurde schließlich im Mai 1962 ihr Ehemann. Ute war da schon schwanger. Die kleine Susanne kam dann am Heiligen Abend zur Welt.

Die Kleine war gerade ein halbes Jahr alt, da saß Ute bereits wieder im Sattel. Das ging nur, weil Hajo seinem Schwager Jochen Utes Dana abgekauft hatte, und diese nun in Isernhagen in einem kleinen aber feinen Pferdehof bestens untergebracht war. Als dieser Hof 1965 in finanzielle Schieflage geriet, kauften Hajo und

Ute ihn kurzerhand samt allen Tieren, zogen dort hin und beschäftigten die Voreigentümer als Pfleger für ihre nun sechs Pferde und eine ganze Menge Kleintiere. Außerdem half diese fröhliche Frau Ute auch bei der Betreuung ihrer inzwischen zwei Kinder, wenn sie zu Pferd saß. Klaus kommentierte diese Lebensweise seiner kleinen Schwester und ihrer Familie mit der Bemerkung: „Zahnarzt müsste man sein." Utes Antwort: „Du mit deiner Spedition wirst auch nicht verarmen", ließ ihn verstummen. Sie hatte schließlich Recht.

Jochen war inzwischen dreißig Jahre alt und noch immer Junggeselle. Ein Versuch mit einer der Reitschülerinnen hatte sich zuerst ganz gut angelassen, dann aber entdeckte er, dass diese junge Frau äußerst anspruchsvoll war und ihn als Garanten für ein luxuriöses Leben betrachtete. Das gefiel ihm gar nicht, also beendete er das Verhältnis, bevor irgendeine Verpflichtung entstanden war. Anlässlich der Verdener Auktion 1965 gelang es ihm schließlich, einem für eine abwesende Spitzendressurreiterin herbeigekommenen kenntnisreichen Makler die fertig eingerittene und dressurgewohnte dreijährige Brancotochter Flora für einen Spitzenpreis zu verkaufen. Sechs Bieter hatten sich hochgeschaukelt, doch dieser Mann aus der Nähe von Visselhövede gab nicht nach. Diese Ute Suhrkamp bekam dadurch eines der besten Pferde aus Schirmerscher Zucht.

Das Jubiläum

Ende September wurde in der ziemlich neuen Reithalle des Gestütes Paulines sechzigster Geburtstag ordentlich gefeiert. Rudolf hatte sich drei Jahre zuvor beharrlich geweigert, den Seinen entsprechend zu begehen, so war die inzwischen nicht mehr ganz kleine Familie recht froh, wieder einen Anlass für ein kleines Familientreffen zu haben. Im Laufe der Gespräche kam Ute plötzlich mit dem Gedanken, im kommenden Jahr seien doch genau zwanzig Jahre seit dem Neuanfang des Pferdehofes vergangen, der jetzt ein bekanntes Gestüt sei. Und auch die Spedition sei damals in den Besitz der Barnows übergegangen. So könne man doch als Jubiläumsfeier ein kleines Turnier auf dem eigenen Gelände veranstalten, zu dem alle verfügbaren hier gezüchteten Pferde mit ihren Eigentümern eingeladen werden sollten. Vom schlichten Freizeitreiter über den Nachzüchter bis zu den bekannten und weniger bekannten Turnierreitern und -reiterinnen.

Schnell war mit dem 14. Mai ein allen genehmer Termin gefunden und die Feier endgültig verabredet. Klaus und Jochen waren sich sofort einig, dem Ruf beider Unternehmen könne das nur nützlich sein. Beide hatten zwar unterschätzt, wie viele Stunden Arbeit es kosten würde, diese Veranstaltung vorzubereiten. Da aber alle Beschäftigten beider Unternehmen tatkräftig mit anpackten, ließ sich das Ganze doch recht gut stemmen. Ute und Jürgen kamen mit ihren Familien immer wieder zum Helfen, und auch Franz wie auch Peters Mutter waren zur Stelle. Die hielt für die Gäste von weiter her die ganze Pension frei. Es zeigte sich, dass die Übernachtungswilligen schließlich teilweise auch noch in anderen Lokalitäten untergebracht werden mussten.

Erst jetzt merkten Pauline und Jochen, wie verstreut die von ihnen gezüchteten Pferde lebten. Beide freuten sich darauf, die einstigen Fohlen nun als erwachsene und ausgereifte Tiere wieder zu sehen. Und Peter hatte ein wenig Angst davor, einige seiner ehemaligen Bettgenossinnen aufeinander und auf seine Frau treffen zu sehen, mit der er erst seit Kurzem verheiratet war. Das aber erwies sich als grundlose Sorge. Die drei Reiterinnen, die später dann Schirmerpferde erworben hatten, erwähnten ihre Affären mit ihm mit keinem Wort, hatten sie doch ihre Ehemänner mitgebracht.

Als der große Tag dann herbei gekommen war, lief die Organisation glatt und ohne Probleme. Der Vormittag sollte dem Kennenlernen der Menschen untereinander dienen, nach einem Mittagsbüffet und einer Ruhepause sollten am Nachmittag alle Pferde teils einzeln, teil in Gruppen vorgestellt werden. Jochen hatte das ganz penibel ausgearbeitet. Schließlich sollte dann eine Dressurschau stattfinden, deren besonderer Abschluss eine aber nur fernmündlich von beiden geplante Dressurdarbietung von Jochens Schwester Ute Scharschmitt und der Flora-Besitzerin Ute Suhrkamp werden würde, die inzwischen beide zu den bekanntesten Dressurreitern Deutschlands zählten.

Ab etwa acht Uhr dreißig fuhr dann am Jubiläumstag ein Hängergespann nach dem anderen auf den vorbereiteten Parkplatz. Franz gab den würdevollen Parkordner. Pauline und Jochen standen an Begrüßungsstehtischen am festlich geschmückten Koppelheck und begrüßten per Handschlag die eingetroffenen Gäste, Jochens Schwägerinnen reichten den Willkommenstrunk. Fast alle Gäste waren schon eingetroffen, da kam eine kleine Besuchergruppe zielsicher auf Jochen zu. Vorneweg eine relativ kleine hübsche Schwarzhaarige im Reitdress. Sie stellte sich vor: „Ute Suhrkamp." Dann lächelte sie Jochen schelmisch an und fragte: „Du erkennst mich also nicht?" Er musterte sie kurz intensiv, dann fiel es ihm wie Schuppen von den Augen. „Ute Rennhack! Mein Gott, siehst du deiner Mutter ähnlich!"

„Richtig, als Rennhack-Kind kam ich zur Welt. Wie es nach deiner Abfahrt nach Wilhelmshaven weiter ging, erzähle ich dir später. Jetzt erst einmal: das ist mein Mann, der Straßenbauunternehmer Carsten Suhrkamp. Die Schilder unserer Firma sieht man sogar hier manchmal." Utes Mann war auch nicht sehr groß, aber man sah ihm an, dass er stets genau wusste, was er tat. „Und dann habe ich noch unseren Sohn Martin und sein Kindermädchen mitgebracht. Und schließlich auch noch meine Schwester, Frau Corbin." Die streckte ihm die Hand höflich entgegen und sagte mit leicht erstickter Stimme: „Guten Tag, mein Jochen, endlich habe ich dich wieder." „Franzi!!" Jochen schrie es fast, viele der Umstehenden drehten sich erschrocken zu ihm um. Das war ihm aber völlig gleichgültig. Sie fielen sich in die Arme und küssten sich so innig und lange, dass selbst die kleine Ute, die ein bisschen mit so etwas gerechnet hatte, es kaum fassen konnte.

Jochen musste sich heftig zur Ordnung rufen, um seinen zahlreichen Verpflichtungen irgendwie nachzukommen. Am liebsten hätte er sich mit Franziska in ein stilles Eckchen verkrochen und ihr tausend Fragen gestellt. Die machte es ihm aber leicht. Sie blieb einfach den ganzen Tag über treu an seiner Seite. Die beiden Utes, die einander nun endlich auch persönlich kennen lernten, schüttelten über ihre Geschwister immer wieder die Köpfe. Was geschah da gerade? Beim Mittagsbuffet fanden Franzi und Jochen dann einige ruhige Augenblicke, in denen sie ihm kurz erklärte, ihr Nachname sei der ihres kanadischen Exmannes. Sie sei erst seit Anfang Mai wieder in Deutschland zurück, und Ute habe sie mit hierher verschleppt, ohne ihr zu sagen, warum. „Siehste, und ich bin auch alleine." meinte Jochen. Dann ging es wieder zur Tagesordnung.

Es war für Pauline und auch den etwas unaufmerksamen Jochen ein Hochgenuss, die Qualität der von ihnen gezüchteten Pferde zu erleben. Branco erwies sich als ein großartiger Spitzenvererber, und Jochens Auswahl unterschiedlichster Stuten hatte sich ausgezahlt. Pauline lobte ihn: „Du hast einen unglaublichen Blick für die Anlagen junger Pferde, heute haben wir in der Nachzucht den Beweis." Die Höhepunkte der Jubiläumsfeier waren aber schließlich die Darbietungen aller Dressurreiter und zum Schluss die wunderbar simultan gerittenen Dressuren der beiden Utes auf Dana und Flora. Der Beifall wollte nicht enden. Danach gab es noch einen Imbiss und dann machten sich alle diejenigen auf die Reise, die nicht zu weit zu fahren hatten. Auch die Suhrkamps luden Flora in den schönen Hänger und packten ihre Reisegesellschaft in den Wagen. Jochen nahm Franzi bei den Händen. „Hast du in den nächsten Tagen etwas Wichtiges vor?" „Nein, eigentlich nicht." „Dann bleib bitte hier, wir haben uns so viel zu erzählen. Quartier haben wir genügend."

„Ich habe aber gar nichts mit außer dem, was ich anhabe." „Das soll das Geringste sein. Du hast ungefähr Mutters Statur, die wird dich schon versorgen, wenn wir sie darum bitten." Als sie ihrer Schwester und ihrem

Schwager erklärte, sie werde nicht mit ihnen zurück fahren, stieg Ute wieder aus, öffnete den Kofferraum und überreichte ihrer großen Schwester eine ihr wohlbekannte Reisetasche. „Ich denke, ich habe an alles gedacht." Sie gab Franzi ein Küsschen, stieg schmunzelnd wieder ins Auto, und munter hupend fuhr die Familie Suhrkamp von dannen. Mit vielen helfenden Händen wurde dann der Außenbereich aufgeräumt. Die Kinder kamen allmählich zu Bett. Schließlich saßen die Verbliebenen um einen langen Tisch auf der schmalen Zuschauerempore der Reithalle und plauderten über dies und das. Für genügend Getränke war gesorgt, Peter hatte sogar ein Fässchen Bier organisieren können.

Einst und Jetzt

Jochen hatte vor Kopf des langen Tisches eine kleine Gartenbank getragen, die er eigentlich unter dem Vordach des großen Stalles stehen hatte, um die Pferde auf dem Abreitplatz zu beobachten. Das war seine tägliche Fitness-Kontrolle für seine Tiere. Er setzte sich mit Franzi auf diese Bank und wollte nun wissen, wie die lange Zeit abgelaufen sei, nachdem ihr Kontakt abgebrochen war. „Warum hast du mir nicht geschrieben, wie du es versprochen hattest?" Franziska fragte das sehr verwundert. „Habe ich doch, mehrmals sogar. Aber keine Antwort kam, und die Briefe kamen auch nicht unzustellbar zurück. Da dachte ich, du wolltest nichts mehr mit mir zu tun haben. Das war reichlich bitter."

Franzi seufzte. „Als keine Briefe kamen, habe ich mich nach Weihnachten hingesetzt und dir einen langen Brief geschrieben. Von deinem Zettel hatte ich die Adresse in Erinnerung. Aber dieser Brief kam nach etwa zehn Tagen mit dem Vermerk ‚unbekannt verzogen' zurück. Was sollte ich machen? Dann kamen mein Vater und einen Tag später Großvater Ludwig und Onkel Bruno aus der Kriegsgefangenschaft zurück. Da hat sich dann so viel verändert. An Ostern waren schließlich Mutti Gisela und mein Vati, ganz unerwartet für die Kleinen, ein Liebespaar und haben kurz darauf geheiratet. Dann sind wir mit Castor, Pollux und der Break in die Lüneburger Heide umgezogen, wo mein Vater als Förster arbeiten konnte. Und Mutti war schon wieder schwanger. Meine jüngere Schwester heißt Christiane wie meine leibliche Mutter. Wie bist du eigentlich hierhergekommen?"

„Mein Onkel Rudolf und seine Frau Pauline wollten, als ich nach Wilhelmshaven kam, gerade hierher umziehen. Mama Pauline ist eine geborene Schirmer, und wir haben nach dem Tod ihrer Geschwister und dem Verlust von Papas Arbeit durch das Kriegsende die Betriebe Schirmer übernommen. Mich haben die Beiden adoptiert, Papa und Klaus haben Stück für Stück die Spedition umorganisiert und groß gemacht. Mama und ich haben langsam das Gestüt aufgebaut. Die Eltern haben gleich gemerkt, dass ich der Pferdemann bin. Und heute bin ich ein bekannter Züchter. Das hast du heute ja deutlich miterlebt. Unsere Jüngste, die Ute mit dem blonden Wuschelkopf und den langen Beinen ist eine begnadete Dressurreiterin, und deine Schwester Ute mit der schwarzen Mähne und den doch etwas kürzeren Beinen ebenfalls."

„Die hat sich ganz zielsicher einen reichen Ehemann geangelt, scherzt unser Vater. Aber es ist deutlich zu sehen, Carsten und sie lieben sich wirklich. Sie hilft ihm, wo sie nur kann, und er kann ihr kaum einen Wunsch abschlagen. Von den Buben und Christiane erzähle ich dir später. Ich selbst habe bei meiner Aufnahmeprüfung damals für ein Dolmetscher-Studienstipendium einen kanadischen Offizier namens Tom Corbin als Prüfer gehabt. Der ist mir später beruflich immer wieder begegnet, wir haben uns ineinander verliebt und geheiratet. Ich bin anderthalb Jahre später mit ihm nach Kanada gezogen. Als er dann die Farm von seinen Eltern übernommen hatte, änderte er sich zusehends. Ein besonderes Problem zwischen uns wurde, dass wir kinderlos blieben. Als er mir das ständig vorwarf, bin ich schließlich aus unserem Farmhaus ausgezogen, habe wieder als Dolmetscherin gearbeitet, mich scheiden lassen und dann zurück nach hier begeben. Mutti hat mich sofort zu den Suhrkamps geschickt, Schwager Carsten will mir einen Job besorgen."

„Jetzt verschwinden wir erst einmal von hier und ich zeige dir, wo du - heute Nacht und solange du willst - schlafen kannst." Hand in Hand wie zu Kinderzeiten wanderten sie nun um das Stallgebäude herum zu Jochens Wohnung. Ritterlich trug Jochen Franzis Reisetasche. Als er aufgeschlossen hatte und sie in die Diele gekommen waren, blieb er plötzlich stehen, drehte sie zu sich herum, sah ihr in die Augen und fragte leise: „Wie konnte das sein, dass du mich heute früh so innig geküsst hast?" „Ich hatte ja keine Ahnung, zu wem Ute mich mitgeschleppt hat. Als ich dich erkannte, wusste ich plötzlich, was mir mein Leben lang gefehlt hatte. Das warst du. Deshalb habe ich ja auch ‚mein Jochen' gesagt. Dass man eine Kinderliebe so lange bewahren kann!" „Und mir geht es haargenau gleich. Franziska, ich weiß es schon den ganzen Tag, ich liebe dich. Es ist kaum zu glauben, aber Tatsache."

Er nahm sie behutsam in die Arme und küsste sie wie am Morgen, atemlos und jetzt voller Begehren. Und sie erwiderte diesen Kuss ebenso voller Begehren. Nun war ihr klar, wo sie übernachten würde - in dieser Nacht und solange sie wollte - am liebsten ihr ganzes restliches Leben lang. Als sie erheblich später erschöpft aber glücklich in Jochens Armen lag, begann sie auf einmal leise zu lachen. „Nun habe ich mein Versprechen eingelöst, dass ich dir in Paul Paulsens Scheune gegeben habe, als uns Mutti Gisela aufgeklärt hatte. Damals habe ich gesagt: ‚Wenn wir beide erwachsen sind, dann machen wir das so miteinander', und so ist es nun gekommen." „Und so soll es bleiben für den Rest unseres Lebens." Ach, dachte Franzi, der kann sogar Gedanken lesen.

Als sie am Morgen wach wurden, kamen sie nicht gleich aus Jochens breitem Bett, sie hatten noch nicht genug voneinander. Schließlich meldeten sich doch der Hunger und die Lust auf einen ordentlichen Kaffee. Wie ein altgedientes Ehepaar werkelten sie zusammen in der recht modern eingerichteten Küche und setzten sich dann mit ihrem Frühstück auf die kleine Terrasse. Schließlich gingen sie Hand in Hand fröhlich hinüber ins Haupthaus. Pauline machte sich in der Küche mit den Resten vom Vortage zu schaffen, damit nichts verkam. Rudolf hatte die Beiden kommen gehört und schaute auch in die Küche. Die jungen Leute im Obergeschoss schienen noch immer zu schlafen. Jochen legte Pauline den Arm um die Schulter und verkündete: „Mutter, Vater! Franzi bleibt bei mir. Für immer." Pauline hatte Ähnliches erwartet, wenn auch nicht ganz so schnell. Sie lächelte. „Dann komm, Schwiegertochter, und hilf mir hier. Dein Jochen muss eh mal zu den Pferden, auch wenn wir heute dort genügend Personal haben. Er ist nun mal der Chef."

Nach einem Sonntag, der natürlich vor Allem mit Aufräumarbeiten angefüllt war, gab es noch ein gemeinsames Resteessen, zu dem sogar noch einmal Jürgen mit seiner Familie angefahren kam. Der staunte nicht schlecht über das neue Blitzpaar in der Familie. Er hatte zwar am Tag zuvor mitbekommen, dass die Beiden Vieles gemeinsam unternommen hatten, aber dass daraus nun sofort eine Zukunftsplanung entstehen würde, hatte er sich nicht vorstellen können. Seine Frau bemerkte zu Pauline: „Deshalb war der Jochen beziehungsunfähig. Da war immer die Franziska im Weg. Zum Glück ist die jetzt aufgetaucht."

Abends gönnten sich Franzi und Jochen dann noch ein Bisschen behagliche Zweisamkeit in seinem hübschen Wohnzimmer. Franzi musste nun berichten, was aus den kleineren Geschwistern geworden war. „Gerhard war von dem Tag an, an dem wir in der Heide eingezogen sind, ständig damit beschäftigt, Blätter, Gräser und andere Gewächse zu sammeln, zu lernen, wie die heißen und wofür die gut sind. Schließlich war er oft mit unserem Vater im Wald unterwegs. Als er eingeschult wurde, teilte er seinem Lehrer feierlich mit, er werde auch Förster - genau wie sein Vati. Das hat er auch durchgehalten bis zum Abitur und studiert jetzt nach seinem Zivildienst Forstwirtschaft in Freiburg im Breisgau. Vater sagt, bei seinem Vorwissen wird er mal ein sehr guter Grünrock. Henner ist der Schlaukopf der Familie. Der musste auch zum Zivildienst und studiert seit diesem Semester in Göttingen Medizin. Christiane sieht aus wie ein Jugendbild unserer pommerschen Oma Liselotte. Sie wird auch Abitur machen. Wir Mädels haben alle drei das Glück, die Töchter schöner Mütter zu sein. Vater hat einen sehr guten Geschmack." „Ich auch, mein Schatz. Heute Nacht ohne Klamotten ist mir erst richtig bewusst geworden, was für eine attraktive Frau meine kleine Franzi heute ist. Aber du warst ja schon als Kind ein süßer Nackedei." Diese Feststellung ließ das Gespräch in Küssen versickern. Jochen verschleppte dann seine Süße schnellstens ins Schlafzimmer.

Wiedersehen

Am Montag begann für Franzi der Alltag im Gestüt. Alles, was sie als künftige Chefin wissen musste, wollte Pauline ihr schleunigst beibringen, endlich sah sie die Möglichkeit, allmählich langsamer zu treten und Zug um Zug die Verantwortung in die nächste Generation übergehen zu lassen. Sie hatte nicht den geringsten Zweifel an der Entschlossenheit sowohl Jochens als auch Franziskas, beieinander zu bleiben und gemeinsam das Gestüt zu betreiben. Ihre gemeinsame Arbeit in der Küche am Sonntag hatte ihr das überdeutlich gezeigt. Und sie hatte die pfiffige und weltgewandte Franzi sofort ins Herz geschlossen. Als das Pärchen gefrühstückt hatte, musste Jochen zu den Stallknechten, ein Fohlen lahmte ein wenig, er wollte sich das anschauen. Pauline rief Franzi herbei. „Komm, Kind, ich zeige dir im Büro die ganzen Akten und erkläre sie dir."

Am Nachmittag kam dieser zum Bewusstsein, dass am Donnerstag Himmelfahrtstag war. „Mutter", die Anrede gelang ihr schon locker, „Jochen und ich sollten an Himmelfahrt bei meinen Eltern einen ersten Überraschungsbesuch machen. Ute hat versprochen, dicht zu halten und uns den Spaß nicht zu verderben. Kommst du mit dem Personal alleine zurecht?" Pauline lachte. „Das muss ich oft genug. Fahrt ihr mal schön an die Göhrde." Jochen war von diesem Plan begeistert.

„Der Feiertag ist die ideale Gelegenheit." Also richtete er seinen BMW 1800, den er erst wenige Wochen zuvor als Viertürer fabrikneu geliefert bekommen hatte, für eine gemütliche Reise ans andere Ende der Heide.

Franzi bestaunte das schicke moosgrüne Auto. Jochen erklärte: „Man nennt das den Porsche des kleinen Mannes. Ein echter Porsche wäre rausgeworfenes Geld. Der hier ist teuer genug, mehr muss es wirklich nicht sein." Er lachte. „Als ob ich gewusst hätte, dass ich jetzt für Zwei rechnen muss." „Ich werde aber meinen Teil beitragen." „Klar, das weiß ich doch, meine Süße. Hast du eigentlich einen Führerschein?" „Natürlich. Den habe ich gemacht, als die Sache mit Tom damals anfing. Ich darf sogar in Kanada fahren." „Willst du da nochmal hin?" „Nee, nicht als Foto an der Wand, obwohl das Riesenland seine Reize hat. Ich bleibe bei dir. Für immer!" „Das bringt mich zur Frage, ob wir nicht bald heiraten sollten. Erstens verbindet uns das endgültig und für immer, zweitens ist das für die Firmenkonstruktion praktisch." „Antwort: Ja!! Komm, küss mich!"

Als die Beiden am Himmelfahrtstag in aller Frühe aufbrachen, wussten sie schon anhand von Jochens Autokarten, dass sie ein wenig Zickzack fahren sollten, um am schnellsten voran zu kommen. Visselhövede, Neuenkirchen, Soltau und Ülzen waren die Städtchen, an denen sie sich orientieren mussten. Knapp drei Stunden waren sie unterwegs, dann brummelte der flotte Wagen in den Zuweg zum schmucken Forsthaus. Mutter Gisela konnte vom Küchenfenster aus die Ankömmlinge sehen. Sie war völlig verdutzt, als ihre Große aus der Beifahrertür stieg, die ihr von einem durchaus ansehenswerten jungen Mann geöffnet wurde, der dafür mit einem Kuss belohnt wurde. Sie kam zur Haustür, öffnete diese und blieb erstaunt stehen. „Ist es denn die Möglichkeit? Der Jochen Barnow! Wo hast du denn den gefunden, Franziska?" Sie hatte ihn sofort erkannt.

„Unsere Schwestern, die beide Ute heißen, haben uns zusammengebracht. Sind nämlich alle beide tolle Dressurreiterinnen. Jochen betreibt ein bekanntes Gestüt in der Nähe von Verden, dort hat Schwesterchen sein Pferd gekauft. Da war ich am Samstag mit den Suhrkamps zum Feiern. Ute wusste genau, dass wir beide uns da treffen mussten. Und nun ist es wie in unseren Kindertagen, wir sind ein Herz und eine Seele." „Na, dann kommt mal rein. Da muss ich noch ein paar Kartoffeln schälen. Das Hirschragout und der Salat waren eh viel zu viel für uns beide." Sie drehte sich nach hinten. „Siggi, wir haben Besuch! Du rätst nie, wer das ist. Komm mal bitte in die Diele." Siegfried sah zuerst nur Jochen, die erheblich kleinere Franzi versteckte sich hinter ihm. „Ja. Guten Tag. Wer, bitte, sind sie?" Er stutzte. „Jochen, mein Junge. Mensch, wo kommst denn du her?" „Von unserem zu Hause" kam da Franzis Stimme. - „Oh, Vati, dein Gesicht müsste man jetzt fotografieren!" Sie lachte und hängte sich bei Jochen ein. „Darf ich euch meinen zukünftigen Ehemann ins Haus bringen?"

„Das wollt ihr jetzt schon wissen, dass ihr heiraten wollt?" fragte Vater Siegfried mit leichtem Zweifel in der Stimme. „Nein, Vati, das wissen wir schon seit mehr als einundzwanzig Jahren. Damals in der Scheune bei Paul Paulsen habe ich mich schon meinem Schatz versprochen." Gisela lächelte. „Das stimmt, ich bin Zeugin dieses Versprechens gewesen." Jochen ergänzte: „Alles, was dazwischen war, sind Irrtümer gewesen. Jetzt steht uns nichts und niemand mehr im Weg." Es wurde ein munteres Mittagessen mit vielen Fragen und Berichten. Siegfried begriff sehr schnell, dass er keine Zweifel haben musste. Die beiden bewiesen einen verblüffenden Einklang ihrer Gedanken, damit sicher auch ihrer Gefühle. Auch über einen Termin für die Hochzeit wurde gesprochen. Jochen meinte, der 2. Juli sei ganz sinnvoll. Ab dem 4. Juli habe er die Reitschule voll, Peter und seine Frau seien den ganzen Tag mit Kindern beschäftigt, und er müsse sich ständig um die Verfügbarkeit der Pferde kümmern. Sechs Wochen seien genügend Zeit zur Vorbereitung, und länger warten wollten sie ja auch nicht.

Vorbehaltlich der Zustimmung seiner Familie wurde dieser Termin vereinbart. „Unsere Wohnung im Nebenhaus ist recht groß. Wir haben da ein schönes Gästezimmer, da könnt ihr übernachten. Und die Pension der Mütter meiner Freunde ist erst ab Sonntag voll, die werden uns ihre Zimmer sicher frei halten können." Jochen war in seinem Element, wieder ganz voraus schauender Chef. Um nicht zu spät nach Hause zu kommen, aber eben kurz noch bei Ute und Carsten Franzis restliche Sachen zu holen, setzten sie den grünen BMW gegen sechzehn Uhr wieder in Bewegung. Auch dort gelang die Überraschung. Ute verköstigte die Beiden noch zum Abendessen, gegen einundzwanzig Uhr waren sie dann zu Hause.

Das Fest der Überraschungen

Im Gestüt gab es eine Menge zu erzählen, vor Allem aber musste der Termin der Hochzeit festgelegt und vorbesprochen werden, in welchem Rahmen und mit welchen Gästen die Feierlichkeit durchgeführt werden sollte. Pauline geriet richtig in Fahrt. Das war eine Planung so recht nach ihrem Geschmack. Wenn die beiderseitigen Eltern, die Geschwister sowie Peter und Franz mit ihren Familien und das Personal des Gestütes geladen werden sollten, würde das schon wieder eine große Veranstaltung werden, wenige Wochen nach dem Jubiläum. Aber das sollte es auch werden, nur in diesem Falle nicht in der Reithalle, sondern in einem geeigneten Lokal in Verden. In der Reithalle würde man einen ordentlichen Polterabend veranstalten.

Franzi war traurig, dass die in der DDR lebende Verwandtschaft nicht teilnehmen konnte, aber es war nun einmal nicht zu ändern. Ihre Eltern und Onkel Brunos Familie hatten stets einen engen Kontakt mit Briefen, Paketen und manchmal sogar per Telefon aufrechterhalten, aber mit gegenseitigen Besuchen war es seit dem Bau der Berliner Mauer endgültig vorbei. Vater Siegfried war stolz auf seinen tüchtigen Bruder, der es tatsächlich geschafft hatte, gegen den Trend der sozialistischen Planwirtschaft seine früh gegründete Genossenschaft am Leben zu halten. Die war mehr als konkurrenzfähig gegenüber den Kolchosen landauf, landab und brauchte schon lange den Schutz aus Pankow nicht mehr. Der wäre auch nicht mehr möglich gewesen, denn bereits 1952 hatten Alexander und Agnes Kalwelaschwili dem Ostblock den Rücken gekehrt und waren mit ihren Kindern in die USA ausgewandert. Alex hat nicht einmal seiner Frau erzählt, woher und wie er das ganze Kapital vorher über den großen Teich geschafft hatte, mit dem sie dort sofort eine Farm in South-Dakota hatten erwerben können.

Franziska arbeitete sich in diesen Wochen mit großem Eifer und viel Interesse in die Abläufe des Gestütes ein und lernte verblüffend schnell, sich in der Buchführung zurechtzufinden. Fast ein bisschen erschreckt stellte sie fest, dass sie im Begriff war, einen wohlhabenden Mann zu heiraten. Bisher hatte sie keine Vorstellung davon gehabt, was die Pferdezucht und der Reitsport tatsächlich an Einnahmen ermöglichen können. Aber auch ihre Gesundheit hatte sie im Blick. Schon in Kanada war sie von einer belastenden körperlichen Reaktion - öfter intensiven Menstruationsschmerzen im Umfeld anstrengender Ereignisse - geplagt worden, zu deren Erträglichkeit ihr schließlich ihr dortiger Frauenarzt hatte verhelfen können. Mit Paulines Hilfe fand sie in Verden eine junge patente Frauenärztin, mit der das ab sofort auch möglich wurde. Gerade jetzt war das sehr wichtig,

Franziskas Einstieg in ihr neues Leben und die Vorbereitungen der Hochzeit waren schon stressig.

Am Morgen des 2. Juli war im kleinen Wohnzimmer des Standesbeamten ihres Dorfes - schon aus Raummangel - die Hochzeitsgesellschaft noch sehr überschaubar. Außer den beiden Elternpaaren waren nur die beiden Utes als Trauzeuginnen zugegen. Ihre Männer blieben bei den Kindern. Ganz anders dann am frühen Nachmittag in der historischen Dorfkirche. So viele Besucher hatte diese schon lange nicht mehr beherbergt. Eine ganz besondere Freude war für die Beiden, dass ohne deren Wissen ihre Väter die alte treue Break gelegentlich einer passenden Leerfahrt eines Schirmer-LKWs in die Spedition hatten transportieren lassen, wo sie von den Frauen des Jungspediteurs Klaus und des Reitlehrers Peter prächtig ausgeschmückt worden war. Als sie nach ihrem Frühstück feierlich gewandet aus ihrer Wohnung kamen, um mit ihrem BMW zum Standesamt zu fahren, kam die Break dann mit zwei bestens eingefahrenen Stuten an der Deichsel - und Peter würdig mit Zylinder auf dem Kutschbock - vorgefahren. So wurde ihr alter wohlerhaltener Rettungswagen zur Hochzeitskutsche.

Während der Standesbeamte kurz und prägnant seine Aufgabe erledigte und schließlich den Beiden ihr Stammbuch überreichte, in dem eine Heiratsurkunde bestätigte, dass nunmehr Franziska geborene von Ehwitz, geschiedene Corbin, Franziska Barnow hieß, waren beide noch etwas angespannt. Als sie zum Gestüt zurückkamen, entstieg gerade einem Taxi eine vierköpfige Familie, die ihnen ziemlich fremd schien, bis Franzi mit einem Aufschrei auf die ältere der beiden Damen zueilte und ihr um den Hals fiel. „Tante Agnes, dass ihr tatsächlich gekommen seid. Damit hätten wir niemals gerechnet, auch wenn wir euch eingeladen hatten." Als sie auch Alex begrüßt hatte, stellte dieser nun den Beiden die beiden jungen Leute vor, die mitgekommen waren. „Dieser ist unser Viktor und jene unsere Jüngste, die Anne." Von deren Vorhandensein hatte Franzi gar nichts gewusst.

Am Nachmittag im schönen Kirchlein war schließlich alle Aufregung und Anspannung vergessen. Der humorvolle Gemeindepfarrer, der nun schon lange die Barnows kannte und manches Elend wie auch allerlei Freudiges mit ihnen erlebt hatte, konnte sich in seiner liebevollen Predigt mehrere Bemerkungen zur Eile der jungen Eheleute nicht verkneifen, sorgte damit aber auch für einige Heiterkeit in der ganzen Hochzeitsgesellschaft. Unter den Segenswünschen aller ging es dann bei warmem, aber nicht zu heißen Wetter mit der Break zur Familienfeier.

Der große Saal des Verdener Lokals war bis zum letzten Eckchen ausgenutzt, um die ganze Gesellschaft zu fassen. Einige Kinder hatten kleine Vorführungen vorbereitet. Völlig über sich hinaus wuchsen aber die beiden Väter, die sich bei einem Besuch der Barnows bei Franzis Eltern genau abgesprochen hatten, mit ihren kleinen Ansprachen. Zuerst sprach der erheblich ältere Vater Rudolf. Er erinnerte sich an Jochens Ankunft in Wilhelmshaven, an seine und seiner Frau Erlebnisse mit dem pferdekundigsten Kind, das ihm je begegnet war, an die Zeit des Aufbaues der Firmen und deren Blüte heute.

Siegfried hatte dann mit seinem Rückblick auf die pommersche Katastrophe, auf seine Rückkehr aus dem Krieg und das Zusammenfinden mit seiner Gisela, die schon Franziskas Mutti geworden war, stark angerührte Zuhörer. Manche Träne floss. Als er dann aber schmunzelnd dem Pfarrer widersprach und feststellte, dieses Paar sei nicht eilig in die Ehe gekommen, sondern nach immerhin einundzwanzig Jahren Verlobungszeit, stellte sich die Feierfröhlichkeit sofort wieder ein. In einer Ecke des großen Saales hatten Gisela und Pauline, die sich im nicht preisgegebenen Wissen vom Kommen der amerikanischen Verwandtschaft eine Sitzordnung ausgedacht hatten, für einen Tisch mit der „reiferen Jugend" gesorgt. Im Verlauf des Nachmittags wies Jochen seine kleine Frau mehrfach schmunzelnd darauf hin, dass ihr Bruder Henner sich intensiv mit der achtzehnjährigen Anne, ihre Schwester Christiane hingegen sich mit dem mit ihr fast gleichaltrigen Viktor beschäftigte.

Zurück in seine Wohnung fuhr das frisch vermählte Paar dann mit dem Taxi, die Pferde hatte Peter längst wieder von einem der Pferdeknechte zurück in ihre Stallboxen bringen lassen. Behutsam schälte Jochen seine Frau aus ihrem wunderschönen Hochzeitsgewand und stellte fest, bei aller Schönheit der solchergestalt geschmückten Braut, der Inhalt des Gewandes sei ohne dieses doch noch erheblich schöner. Als sie sich dann - zum ersten Mal als Verheiratete - ausführlich geliebt hatten, setzte sich Franzi mit feierlichem Gesicht im Schneidersitz neben ihren Ehemann und erklärte: „Nun habe ich noch ein Hochzeitsgeschenk für uns beide. Du weißt, wegen meiner früheren Regelschmerzen war ich am Mittwoch wieder bei der Frauenärztin deiner Mutter. Diesmal aber auch, weil meine Regel schon zum zweiten Mal ausgeblieben ist. Das hatte ich so noch nie. Ergebnis der Untersuchung ist, wir werden Eltern, mein Liebster. Mit dir hat das sichtlich auf Anhieb geklappt."

Jochen konnte das kaum fassen. „Du konntest doch gar keine Kinder bekommen?" „Dachte ich auch, wenn auch mein kanadischer Frauenarzt mir immer bescheinigte, ich sei kerngesund. Eben bis auf diese seltsamen

Schmerzzustände. Kann das irgendwie sein, dass mein Körper auf dich gewartet hat?" „Woher soll ich das wissen? Könnte ja auch sein, dass Tom zeugungsunfähig ist, es aber nicht wahr haben wollte. Ich weiß nur, dass ich mich wahnsinnig freue, Vater zu werden. Vater eines Kindes, das du austragen wirst. Ach, Franzi, was kann das Leben schön sein. Das ist nun wirklich das größte Geschenk!"

Epilog

Am 11. Februar 1967 brachte Franziska Barnow einen gesunden Sohn zur Welt. In achtungsvoller und wehmütiger Erinnerung an ihren gefallenen Großvater Johann von Ehwitz, an Giselas gefallenen ersten Ehemann Johannes, an Jochens Opa Hans und an seinen kleinen Bruder gleichen Namens nannten sie ihr Kind Hannes. Gut zwei Jahre später kam ihre Tochter, der sie den Namen Friederike gaben, durchaus im Andenken an die kürzlich verstorbene tüchtige Großmutter im Kastanienhof. Um mehr Platz zu haben, hatten sie ihr Haus während dieser Schwangerschaft aufstocken lassen. Wieder anderthalb Jahre später gab es dann noch ein Büblein, das nach Franzis erschossenem Bruder Bernhard den Namen Bernd erhielt.

Franziskas Bruder Henner hatte vier Gastsemester in den USA verbracht und dann seine Anne mit nach Deutschland gebracht. Inzwischen war er gerade damit beschäftigt, eine Landarztpraxis in der Nordheide zu übernehmen, hatte Anne geheiratet und freute sich mit ihr auf ihr erstes Kind. Aus der kleinen Verliebtheit zwischen Viktor und Christiane hatte sich nichts weiter entwickelt. Christiane war inzwischen mit ihrem Germanistikstudium fast fertig und mit einem tüchtigen Assistenten ihres Literaturprofessors verlobt.

Wenn die kleine Barnow-Bande abends im „Kinderstockwerk" zu aufgedreht zum Einschlafen war, selbst nachdem Vater Jochen sein tägliches Vorlesestündchen geleistet hatte, setzte sich Mutter Franziska gerne zu dem Kleinsten ans Bett und sang bei geöffneten Türen für alle drei dieses und jenes Schlaflied. Jochen saß dann gern auf der Treppe und hörte voller Liebe die warme Stimme seiner Frau und die Texte, die sie oft passend zur Familie ein Wenig umdichtete. Eines Abends war ihr wieder etwas Neues eingefallen. So hörten er und seine Kinder erstmals und später immer einmal wieder mit der Melodie von „Schlaf, Kindchen, schlaf, …":

„Maikäfer flieg, die Opas war´n im Krieg,
die Omas war´n im Pommerland,
Pommerland ist abgebrannt, Maikäfer flieg."